tredition®

www.tredition.de

AF216830

Thomas Schütz

Der Horror-Buch-Autor

Buch-Autor

Im Todes-Tal

www.tredition.de

© 2017 Thomas Schütz

Verlag und Druck: tredition GmbH, Grindelallee
188, 20144 Hamburg

ISBN
Paperback: 978-3-7439-5518-9
Hardcover: 978-3-7439-5519-6
e-Book: 978-3-7439-5520-2

1. Kapitel: Der Brief im Paket

Niemand konnte ahnen, was sich genau in dieser Sekunde in diesem Transporter abspielte, und hätten sie es geahnt, hätte es nichts am Schicksal dieses Mädchens geändert, denn sie war in den Händen des Rächers - und seine Rache war grausamer als ein unschuldiges Kinderherz es auszuhalten vermochte.

Er löschte die eben geschriebenen Zeilen und begann noch einmal.

Blutüberströmt rannte das Mädchen aus dem Bus, ohne zu wissen, wo sie genau hin trat, denn ohne ihre Augen konnte ihr, vor Schmerz und Angst, erfülltes Gesicht nicht erkennen, dass es keinen Ausweg aus dieser Hölle gab. Der Rächer hatte ihre Augen in der Hand und schaute nur lächelnd zu, wie sein Opfer erst orientierungs- und bald hoffnungslos umherirrte.

Wieder drückte er jene Taste, jener Feind schriftstellerischer Schöpfung, bis das elektronische Blatt wieder dieses beängstigende, beklemmende, reine Weiss ausstrahlte. Jenes Weiss, dass er seit Wochen erfolglos zu bekämpfen versuchte. Philius Solum, der erfolgreiche Horrorautor war gerade dabei, in den frühen Morgenstunden eines durchzogenen Donnerstags, mit einem neuen Buch zu beginnen. Aussergewöhnlich früh war er aufgestanden, hatte sich eine grosse Tasse Kaffee in sein Büro genommen, um mit wachem Geist eine neue Geschichte zu schreiben. Eine Geschichte, so fesselnd und packend, so schauderhaft, dass man als Leser aufhören möchte zu lesen und es doch nicht kann, weil einen die Neugierde mit jedem Wort tiefer in die finstersten Abgründe der menschlichen Fantasie zieht. Nicht weniger hatte er sich vorgenommen, nicht weniger war sein Massstab, als einer der erfolgreichsten Horrorautoren des Landes. Irgendetwas zwang ihn, an diesem düsteren Donnerstag die Arbeit wieder aufzunehmen. Irgendetwas... Und irgendjemand... klingelte an der Tür.

Er verliess seinen Arbeitssessel, auf dem er gerade eben abgesessen war, brummte frustriert etwas vor sich hin und ging verwundert an die Tür, denn zu so früher Stunde besuchte ihn sonst niemand. Er öffnete die Tür und vor ihm stand ein Briefträger, der, in Anbetracht der ungewissen Wetterlage, bereits vorsorglich die Regenjacke angezogen hatte. In der Hand hielt er ein kleines, graues Paket. "Morgen Herr Solum. Ich habe hier ein Paket für Sie und bräuchte Ihre Unterschrift." "Mhm...", brummte er und nahm das Paket widerwillig entgegen. Er unterzeichnete, sagte kein Wort und schloss die Tür, während ein kühler Windstoss seine Beine streifte und ein leises Pfeifen zwischen Tür und Angel zu vernehmen war. Was wohl in diesem Paket drin sei und von wem es sein könnte, fragte er sich, in seiner Arbeit gestört, während er die Treppe in sein Büro hinauf ging. Er legte das Paket auf den Schreibtisch, setzte sich wieder in seinen Sessel und nahm einen wärmenden Schluck von seinem starken Kaffee. Als hätte er geahnt, dass er ihn brauchen würde...

Als er das Paket öffnen wollte, bemerkte er, dass nur seine Adresse darauf stand - kein Absender. Mit seinem Taschenmesser schnitt er sorgfältig entlang des Klebebands. Der Kleber blieb an seinem Messer zäh hängen und er fluchte leise. Er klappte die kleinen, grauen Schachteldeckel auseinander und entdeckte zunächst einen zusammengefalteten Brief, der, auf einem Stapel Papier und einigen Zetteln, in einem kleinen Klarsichtmäppchen lag. Er faltete den Brief auseinander. Er war handgeschrieben, in einer leserlichen, aber schnellen Schrift.

" Guten Tag Herr Solum,

Sie sind als Horrorautor stets auf der Suche nach schaurigen Ereignissen, die tatsächlich geschehen sind. Hier ist meine Geschichte:

Als ich 10 Jahre alt war, gab es in meinem Dorf eine ungeklärte Serie von Vermisst-Meldungen von Wanderern und einem Dorfbewohner. Insgesamt sind sechs Leute spurlos verschwunden. Nach einigen Wochen hörte es plötzlich auf. Die Verschwundenen Personen wurden nie gefunden und der Fall nie zweifellos geklärt.

Unter den Verschwundenen war auch mein Bruder. Ich habe ihn Jahre lang gesucht - vergebens. Ich wende mich an Sie, weil man mir versicherte, dass Sie ein Autor seien, der sehr genau recherchiert und über spezielle Fähigkeiten verfüge.

Ich biete Ihnen die Möglichkeit eine Geschichte aufzudecken, die vielleicht Ihr neues Buch werden könnte.

Aber sein Sie gewarnt, man wird Ihnen Angst machen. Ist es nicht diese Angst, die Sie suchen? Sie werden die Angst erfahren, denn ich weiss, dass der

Mörder noch immer in diesem Dorf lebt und er wird nicht zulassen, dass Sie zu viel erfahren!

Ich habe Ihnen alle Vermisst Anzeigen, den Polizeibericht und einige Zeitungsartikel beigelegt. Einige Notizen sind auch dabei. Passen Sie auf...!"

Über eine Anzeige in der Zeitung hatte er vor einigen Jahren dazu aufgefordert, dass sich Leute bei ihm melden sollen, wenn sie von schaurigen Geschichten wussten, die tatsächlich geschehen waren. Es sollte eine Quelle der Inspiration sein, die er während seiner Arbeit anzapfen könnte. "Gute Geschichten liegen auf der Strasse. Sie spannend zu erzählen, das ist die Aufgabe des Schriftstellers!", pflegte er zu sagen. Solums Bücher basierten stets auf einer wahren Begebenheit, die er zuvor haarklein recherchierte und sie dann in seine Horrorgeschichte umschrieb. Seine Recherchen waren so gut, dass die Polizei schon mehrfach Hinweise von ihm erhalten hatte, welche Ermittlungen wieder ins Rollen brachte. Das erfuhr natürlich auch die Presse und die Berichte über ihn und seine Spürnase förderten seine Buchverkäufe so stark, dass er es sich zur Herausforderung machte, seine Geschichten noch gründlicher als die Polizei zu recherchieren. Insofern war er weniger davon irritiert, dass ihm jemand eine wahre Horrorgeschichte zuspielte, als dass sowohl das Paket, als auch der Brief anonym verfasst wurden. Normalerweise sind die Leute scharf darauf, dass sie ihn kennenlernen und er sich ihre Geschichten anhört. In diesem Fall aber nicht. Und noch etwas schien ihm suspekt. Warum hatte der anonyme Verfasser ihm mit

Angst gedroht? Soll es überhaupt eine Drohung sein, oder einfach nur ein Mittel, um ihn neugierig zu machen? "Angst zu haben macht den Menschen natürlich - sie zu überwinden macht ihn gross.", sagte er einmal in einem Interview. Da stand auch noch, dass der Mörder noch immer im Dorf sei. Wie aber könnte der Verfasser das wissen, wenn die Mordserie, wenn es denn eine war, nie aufgeklärt wurde? Solum dachte bald, dass es sich um jemand handeln musste, der nach Aufmerksamkeit lechzte. Ein Verschwörungstheoretiker, der glaubte mehr zu wissen als die Öffentlichkeit und darunter litt, dass ihn niemand ernst nahm. "Was soll der Scheiss?", sprach er leise vor sich hin. Er entschloss sich, es ebenfalls nicht ernst zu nehmen und schob den Karton zur Seite. Die ganze Sache war so gar nicht das, was er sich unter seriösen Hinweisen vorstellte, obwohl ihn die Geschichte mit den sechs Vermissten durchaus hätte interessieren können. Die Geschichten von Vermissten, die nie mehr auftauchten sind für einen Schriftsteller wie ihn eine wahre Fundgrube des Grauens. Was den Reiz ausmacht ist das Ungewisse und die Spekulationen der Hinterbliebenen, was sich alles zugetragen haben könnte. Nicht das Wissen, sondern das Nicht-Wissen macht den Horror aus, denn nichts ist schrecklicher als die eigene Fantasie!

Die Gewissheit allerdings, dass er seit mehreren Wochen noch keine einzige Zeile geschrieben hatte, war für ihn persönlich aber fast ebenso eine Horrorvorstellung. Und so versuchte er mit allerhand Schreibübungen und Ideensammlungen ein neues Kapitel zu beginnen, doch ein Schluck von seinem mittlerweile kalten Kaffee, riss ihn abrupt aus allen Ansätzen der Inspiration heraus. "Verfluchter Mist!", wetterte er. Er glaubte, dass heute doch nicht der Tag des neuen, ersten Kapitels sei und vertagte seine Arbeit - einmal mehr...

Das Wetter hellte etwas auf. Er ging in die Stadt, kaufte ein, kochte sich ein üppiges Mittagessen, schlief etwas auf der Couch, putzte die Küche, machte den Abwasch und eh er sich versah, brach auch schon der Abend an. Um wenigstens ein Bisschen das Gefühl zu haben Schriftsteller zu sein, rang er sich dazu durch, sein letztes Manuskript noch einmal zu überarbeiten. Er hatte nämlich Tom, seinem Verleger, versprochen, dass er es bis Ende Woche fertigstellen würde. Er las einige Zeilen, dann glaubte er etwas Schwarzes an seinem Fenster vorbeifliegen gesehen zu haben. Dann blickte er wieder auf sein Manuskript. Er suchte die letzte Zeile, die er gelesen hatte, aber fand sie nicht gleich, als ihm in den Sinn kam, dass er noch Wäsche im Trockner hatte. Jedes Mal, wenn er versuchte, sich wieder in die Lektüre zu vertiefen, fand er sich kurze Zeit darauf gedankenversunken wieder, sich nicht mehr erinnernd, was er gerade gelesen hatte. Es half nichts, er musste das Manuskript ein anderes Mal überarbeiten. Sein Manuskript bei Seite gelegt, sah er sich aber noch einmal den Brief an und die Unterlagen, die mit ihm zusammen in dem grauen Paket waren. Irgendetwas an dieser Geschichte liess ihm keine Ruhe. Vielleicht war es die Ungewissheit von Vermissten, die ihn anzog. Vielleicht war es aber auch die Möglichkeit, dass die Vermissten tatsächlich Mordopfer sein könnten, die

ihn innerlich in Aufregung versetzte. Jedenfalls bemerkte er, dass der Verfasser des Briefes erreicht
hatte, dass er interessiert war - und nicht nur das...
Auch die Warnung, dass er Angst haben werde, bewirkte in ihm, dass er das Paket beiseite legen wollte
und gleichzeitig zogen ihn die Worte magisch an. Und
während sein Verstand immer neue Zweifel schürte,
hatte sich sein Bauch längst gegen jede Vernunft entschieden. Und mit dieser gewissen Ungewissheit,
ging er nach Mitternacht ins Bett. Die Wäsche blieb
die ganze Nacht im Trockner.

2. Kapitel: Doppelte Verwirrung

Am nächsten Tag schlief er bis zehn Uhr, denn der gestrige Abend hatte ihn mehr angestrengt, als er dachte. Er war noch müde und fühlte sich erschöpft als er seine morgendliche Tasse Kaffee aufkochte. Ein Blick aus dem Fenster verriet ihm, dass das Wetter noch immer unbeständig war, als ob es nicht wüsste, ob es ein warmer Sommer- oder ein stürmischer Herbsttag werden würde. Beides schien möglich. Während er fast apathisch aus dem Fenster starrte, trank er seinen ersten Kaffee, der ihn wärmte und ihm half, seinen Körper langsam auf den Tag vorzubereiten. Er schenkte sich eine zweite Tasse ein und schaute auf die Blumen, die Tom ihm letztens gebracht hatte. "Was sagte er noch gleich? Irgendetwas von Akelei und einer Liebesgöttin. War jetzt 'Akelei' die Göttin, oder der Name der Blume?", fragte er sich selbst in Gedanken. Dann flüsterte er: "Du kommst aus dem Gewächshaus, was kannst du in meinem Leben schon bewirken...?!" Er ging den Flur entlang Richtung Tür, weil er die Zeitung holen wollte. Als er die Tür öffnete stand eine Junge, hübsche Frau vor ihm, die gerade im Begriff war seine Türklingel zu läuten. Das beidseitige Überraschen war so gross, dass sie sich gegenseitig sekundenlang starr anblickten ohne ein Wort zu sagen. Sie hatte ihr braunes, üppiges Haar offen auf eine Seite gelegt, so dass man auf der anderen Seite ihr Ohr erkennen konnte, das sanft in die samtige, helle Haut ihres zierlichen Gesichts überging, dessen wunderschönen, blauen Augen ihn weit geöffnet und besorgt anblickten. Mit unsicherer, lieblicher Stimme fragte die junge Frau schliesslich:

"Sind Sie Herr Solum?". Philius nickte und antwortete nur knapp mit einem etwas längeren, fragendem "Jaa...". "Mein Name ist Sophie Veritas, ich habe Ihnen ein Paket geschickt und möchte es wieder abholen. Es tut mir Leid, dass ich Sie damit belästigt habe.", sagte die junge Frau. Philius wusste nicht recht wie ihm geschah. Gestern noch war er erst skeptisch, dann holte ihn die Neugier doch wieder ein und jetzt, nach dem er eine ganze Nacht lang seinen Kopf wegen des Pakets zermarterte, steht wie aus dem Nichts diese junge, attraktive Frau vor der Tür, behauptet, die Verfasserin des Briefes zu sein und fordert das Paket zurück? Das machte keinen Sinn. Erstaunt sagte er: "Ja, ja, Ihr Paket habe ich erhalten. Ich habe es geöffnet und den Brief gelesen. Auch die Dokumente und...". Die junge Frau liess ihn nicht ausreden und entgegnete mit etwas lauterer Stimme: "Vergessen Sie alles was Sie gelesen haben! Es tut mir Leid, ich hätte Sie damit nicht belästigen sollen. Sehen Sie, ich leide sehr unter dem... Darunter, dass mein Bruder verschwand... Ich befinde mich in Therapie, weil mich das alles nicht los lässt, aber ich muss loslassen und den Brief, den ich Ihnen geschrieben habe, der hilft meiner Genesung nicht - meint meine Therapeutin. Es tut mir wirklich sehr Leid. Ich bitte Sie, geben Sie mir einfach mein Paket und den Brief wieder und dann werde ich Sie nicht länger belästigen.". "In Ordnung, in Ordnung...", sagte Philius. "Warten Sie nur kurz, ich werde alles holen, es liegt noch in meinem Arbeitszimmer." Er ging zurück ins Haus, die Treppe hoch in sein Arbeitszimmer, packte alles wieder in die kleine graue Schachtel und kam wieder zur Tür. "Hier, bitte sehr, es ist alles da." Er überreichte ihr die Schachtel, sie bedankte sich, bat noch einmal um Entschuldigung und bog zügig um die nächste Ecke ab, während er ihr noch nach blickte, als sie schon längst um die Ecke gebogen war. Philius zog die Tür hinter sich zu und hielt kurz inne. Das kam ihm alles sehr seltsam vor. Gleichzeitig aber bestätigte es seinen ersten Verdacht, dass es sich vermutlich um einen Verschwörungstheoretiker handelt, oder besser gesagt eine Verschwörungstheoretikerin - und was für eine. So seltsam wie es ihm auch vorkam, damit waren jegliche Recherchen in diesem Fall hinfällig. Allerdings bedeutete das auch, dass er keinen Grund mehr hatte, sein neues Buch nicht zu beginnen - schon gar nicht, sein letztes Manuskript zu überarbeiten. Nun, da sich die Situation auf so bizarre Weise aufgelöst hatte, war er enttäuscht, aber auch verärgert. Er nahm einen kräftigen Schluck seines tief schwarzen Kaffees, als ihm plötzlich in den Sinn kam, dass er die Zeitung noch immer nicht geholt hatte. Noch ehe er sich aber von seinem Barhocker aufsetzen konnte, klingelte es an der Tür. "Hat die junge Frau es sich doch wieder anders überlegt?", befürchtete er als er zur Tür ging. Er hatte keine Lust mit einer verrückten Frau über ihre wilden Fantasien zu sprechen und ihr erklären zu müssen, dass er kein Interesse hatte ihren Hirngespinsten nachzujagen. Leicht genervt öffnete er die Tür. Eine junge Frau stand vor ihm, nicht viel weniger attraktiv als jene vorhin, aber es war jemand anderes. Beruhigt, enttäuscht und genervt fragte er: "Was wollen Sie?". "Nein, warten Sie einen Moment...!" Er öffnete den Briefkasten, nahm die Zeitung heraus und schloss den Briefkasten wieder. "So, jetzt, was wollen Sie?" Die Frau schien nicht zu verstehen - wie sollte sie auch. "Guten Tag Herr Solum, ich bin Sophie Veritas und würde gerne mit Ihnen über einige Dinge sprechen, wenn Sie Zeit hätten." Philus sah sie an, runzelte die Stirn und schwieg. "Wenn es Ihnen jetzt nicht passt, dann könnten wir uns auch ein anderes Mal unterhalten, auch wo anders, wenn Sie möchten, aber es wäre sehr wichtig für mich..." Philius war nicht sicher, ob er sich vielleicht verhört hatte und fragte noch einmal nach: "Wie war Ihr Name noch einmal?". "Sophie Veritas!" Philius hatte sich nicht verhört und dachte nun nach, wie er reagieren sollte, denn irgendetwas war hier faul. "Ach so", sagte er, "und worüber genau wollen Sie denn mit mir sprechen, wenn ich fragen darf?". "Das möchte ich Ihnen lieber in Ruhe erzählen, wenn Sie Zeit haben." Irgendetwas war hier ober faul und Philius überlegte sich wie in einem Schachspiel, welchen Zug er als nächstes machen sollte. Ihm war klar, dass es unwahrscheinlich war, dass beide Frauen Sophie Veritas sind. Eine der Beiden musste also lügen oder gelogen haben. So lange er aber nicht wusste welche der beiden, wollte er sich auf keine Gespräche einlassen. Etwas seltsames war hier im Gange und ihm war nicht klar, ob es einfach nur seltsam war, oder womöglich sogar gefährlich werden konnte. Er erinnerte sich an die Worte im Brief: "Man wird Ihnen Angst machen.". Nach dem er eine gefühlte Ewigkeit nachgedacht hatte und die junge Frau ihn schon wartend anblickte, sagte er: "Okay, wir treffen uns um sechs Uhr im Restaurant "Zum Goldenen Krug" drüben in der Stadt.". "Okay, einverstanden!", sagte die junge Frau, "Bis dann!" und verabschiedete sich. Philius zog die Tür hinter sich zu und schritt eilig Richtung Telefon. Er rief die Polizei, erklärte ihr den ganzen Sachverhalt, beschrieb beide Sophie Veritas und gab Zeit, sowie Ort des eben abgemachten Treffens durch. Die Polizei versicherte ihm, dass sie der Sache nachgehen und ihn bei neuen Erkenntnissen sofort informieren würden. Er solle sich zu Hause aufhalten und niemandem die Tür öffnen, bis sie ihn wieder kontaktieren würden. Sollte in der Zwischenzeit etwas Verdächtiges geschehen, solle er sich umgehend mit ihnen in Verbindung setzen. Er bedankte sich und legte den Hörer beruhigt, aber verwirrt auf. Wer waren diese zwei Frauen und was wurde hier gespielt? Die ganze Situation liesse sich auch ganz gut in einem Buch verwenden, dachte er bei sich, schüttete den kalten Kaffee ins Waschbecken der Küche und brühte sich einen frischen auf, denn er hatte ihn nötig. Er setzte sich auf seinen Hocker, schob die Zeitung bei Seite und schaute aus dem Fenster, wo sich die grauen Wolken langsam auftürmten. Es schien, als ob das Wetter sich nun doch für einen stürmischen Herbsttag entschlossen hätte und er fand, dass das ganz gut passte. Dann klingelte das Telefon. "Ja, Solum... Ach Tom... Gut, dass du anrufst. Nein, ich bin noch nicht dazu gekommen das Manuskript zu überarbeiten... Ja... Ja, Tom, ich weiss... Nein, das neue Buch... Ich hatte gerade gestern eine Idee, dann habe ich sie verworfen und jetzt... Ich bin gerade dabei zu schauen, ob aus der Idee doch noch etwas wird. Es ist noch etwas ungewiss, aber die Sache hat Potenzial. Ich kann dir noch nicht sagen, wohin sich die Geschichte entwickelt, aber seit langem habe ich nun das Gefühl, dass sich die Blockade überwinden lässt. Ja, ich gebe dir dann Bescheid, wenn alles etwas greifbarer ist. Ich weiss, ich weiss... einfach schreiben... Danke Tom, das weiss ich zu schätzen. Das wünsche ich dir auch! Bis bald... und danke nochmals!" Er legte auf, nahm seinen Kaffee in die Hand, ging hinauf ins Arbeitszimmer und schrieb das erste Kapitel des neuen Buches, das weder Titel noch Schluss hatte, dafür aber einen packenden Einstieg, der den Leser im Ungewissen liess.

3. Kapitel: Weder Polizei noch Himmel klären auf

Es war fast sieben Uhr, als das Telefon klingelte. "Herr Solum?", sprach ein Mann mit tiefer, rauchiger Stimme. "Ja?" "Hier spricht Hauptkommissar Huber. Wir haben Neuigkeiten für Sie. Am besten Sie kommen aufs Revier, damit wir die ganze Sache aufklären können." "Das klingt gut, ich werde mich sofort auf den Weg machen!" Und noch ehe er etwas hinzufügen konnte wie "bis später" oder "bis gleich", legte der Hauptkommissar den Hörer auch schon auf. Philius nahm seine warme Regenjacke von der Garderobe, denn draußen würden bald die ersten Tropfen fallen und es wehte ein frischer Wind. Dann machte er sich auf den Weg.

Auf dem Revier angekommen, sah er die Frau von heute Morgen auf einem Stuhl vor dem Schreibtisch eines Polizisten sitzen. Es war der etwas grössere Schreibtisch des Hauptkommissars, der offenbar kein eigenes Büro besass, sondern einen schlecht beleuchteten Grossraum mit anderen, kleineren Schreibtischen von Polizisten teilen musste. Hauptkommissar Huber sprach mit der Frau, während seine Augen sie streng anschauten und sein Gesicht wirkte, als wäre es in Stein gemeisselt. Ein junger Polizist führte Philius zu den beiden, die ihr Gespräch bereits unterbrochen hatten und erwartungsvoll in seine Richtung blickten. "Sie müssen der berühmte Philius Solum sein. Bitte, setzen Sie sich doch!", sagte der Hauptkommissar so freundlich wie er es eben konnte und deutete mit der Hand auf den braunen, ausgesessenen Bürostuhl neben ihm. Philius

nahm platz, der Stuhl senkte sich um einige Zentime-
ter und gleichzeitig sprach der Kommissar:

"Das ist Frau Veritas. Die echte Frau Veritas. Wir haben das überprüft. Sie hat uns erzählt, dass sie Ihnen
ein Paket zukommen liess, über dessen Inhalt sie mit
uns nicht sprechen möchte - nur mit Ihnen. Wir haben
ihr bereits erklärt was vorgefallen ist und weshalb wir
sie festgehalten haben. Über die zweite Frau, die ver-
meintliche Frau Veritas, wissen wir nichts Näheres.
Wir haben anhand Ihrer Beschreibung nach ihr gesucht und werden auch in den kommenden Tagen die
Augen offenhalten, aber ehrlich gesagt glaube ich
nicht, dass wir sie finden werden. Unklar bleibt unter-
dessen, weshalb sich eine andere Frau für Frau Veritas ausgegeben hat. Wir würden in dieser Sache er-
mitteln, aber da wir glauben, dass es um den Inhalt
des Pakets ging und Frau Veritas nicht bereit ist uns
über dessen Inhalt zu informieren, stecken wir auch
hier fest. Der einzige, der uns jetzt noch weiter helfen
könnte sind Sie Herr Solum. Sie kennen den Inhalt
des Paketes, haben aber am Telefon nur wenig darüber erzählt. Von meiner Seite her gibt es nun zwei
Möglichkeiten: Entweder Sie erzählen uns was Sie
wissen und wünschen, dass wir der Sache weiter
nach gehen, oder aber, sie respektieren den Wunsch
von Frau Veritas und besprechen alles Weitere mit ihr
persönlich. Wenn Sie sich für die zweite Variante entscheiden, dann muss Ihnen aber klar sein, dass der
Fall von unserer Seite her als abgeschlossen gilt, sofern wir nicht in den nächsten Tagen noch auf die falsche Frau Veritas stossen. Die Entscheidung liegt
nun also ganz bei Ihnen Herr Solum."

Philius lehnte sich nach hinten, atmete ganz langsam tief ein und kurz darauf doppelt so schnell wieder aus, so dass man es deutlich hören konnte. Er sah Frau Veritas an und blickte ihr tief in die Augen. Dann sagte er: "Herr Hauptkommissar, ich danke Ihnen für Ihre Hilfe, ich denke, dass ich von hier an alleine weitermachen kann." Frau Veritas atmete erleichtert auf. "Na los, kommen Sie Frau Veritas", sagte Philius beim Aufstehen. "Sie wollten mit mir sprechen - jetzt hätte ich gerade Zeit." Er ging an ihrem Stuhl vorbei und nahm sie an der Hand. Sie liess sich führen wie bei einem Tanz und folgte ihm bis vor die Tür des Polizeireviers, wo er ihre Hand los liess, sie zu ihm hin drehte und ihr sagte: "So, sie haben mir den Schlaf geraubt, haben mir einen Angstbrief und Schauergeschichten geschickt ohne ihren Namen zu nennen und wegen Ihnen stehen Leute meiner Tür, die sich für Sie ausgeben und mir unter Vorwänden die Post streitig machen. Jetzt bin ich tatsächlich neugierig auf Sie und ihre Geschichte, also will ich Ihnen raten, dass Sie meine Neugierde befriedigen, denn sonst werde ich ausgesprochen sauer!". Er hielt einen Moment inne und sie schwieg. "Jetzt gehen wir einen Kaffee trinken und Sie geben mir einen aus. Folgen Sie mir." Sie sagte nichts, aber tat was er sagte und begleitete ihn stumm zu einem Café, das gleich um die Ecke war. Sie gingen hinein und er bestellte sich sogleich die grösste Tasse schwarzen Kaffee, den sie im Angebot hatten. Sie bestellte sich einen Latte Macchiato und bezahlte, so wie er es ihr aufgetragen hatte. Dann setzten sie sich an den hintersten Tisch am Fenster. Nach dem sie beide einen herzhaften Schluck getrunken hatten, sah er sie auffordernd an, sie räusperte sich, holte Luft und fing an zu erzählen:

"Also zuerst einmal möchte ich mich dafür entschuldigen, dass Sie solche Unannehmlichkeiten hatten, aber ich befürchte, wenn Sie sich der Geschichte annehmen, wird das erst der Anfang gewesen sein... Hätte ich geahnt, dass sich jemand für mich ausgeben würde, um mein Paket bei Ihnen abzuholen, dann hätte ich Sie vorgewarnt, aber so weit sind sie bis jetzt noch nie gegangen." "Wer sind SIE?" "Ich weiss es nicht, wenn ich es wüsste, dann wäre ich nicht auf Ihre Hilfe angewiesen. SIE sind die Leute, die hinter all dem stecken, was ich ihnen jetzt erzählen werde. Wie ich Ihnen in meinem Brief schon erklärt habe, fing alles an, als ich 10 Jahre alt war, also vor 20 Jahren. In dem Dorf in dem ich aufwuchs verschwand als erstes der Wanderer Alfred Müller. An sich nicht aussergewöhnlich, denn die Gegend um das Dorf herum ist ein beliebtes Ziel für Wanderbegeisterte und die Wanderwege sind unterteilt in leicht, mittel und anspruchsvoll. Es kam schon öfters vor, dass Wanderer am Abend nicht mehr im Hotel auftauchten, dann hat die Polizei sie mit einigen Wanderführern entlang der verschiedenen Routen gesucht und meist mit einem gebrochenen Bein, einem verstauchten Fuss oder unterkühlt wieder gefunden und medizinisch versorgt. Es kam also öfters vor, dass sich Wanderer selbst überschätzten. Manchmal dauerte es eine Nacht, einen Tag oder sogar zwei Tage, bis man sie fand, aber man hat sie immer gefunden. Nicht aber damals, obwohl man alle Routen mehrfach ablief. Das ganze Dorf sprach darüber und alle gingen davon aus, dass der Mann die Wanderroute verlassen und einen tragischen Unfall hatte. Doch in der Woche darauf verschwand ein Ehepaar, Martin und Helena Maurer. Auch von ihnen fehlte jede Spur und die Leute im Dorf fingen an die Wegmeister zu beschuldigen, dass sie die Wanderrouten zu wenig gesichert hätten oder die Beschilderung irgendwo ins Abseits führte. Beides stimmte aber nicht. Nach dem dritten Vermisst-Fall in der dritten Woche, Thomas Wagner, ein Biologielehrer, trat der Bürgermeister, der die Wegmeister in Schutz nahm, auf Drängen des Gemeinderats hin zurück und Jonathan Malum, der Sohn eines ansässigen, einflussreichen Geschäftsmannes, Egor Malum, wurde zum Bürgermeister ernannt. Er liess die Wanderwege von externen Fachstellen überprüfen - jede einzelne Route. Der Bericht wurde nie öffentlich. Offiziell hiess es, man wolle keine Hetzkampagne gegen den ehemaligen Bürgermeister führen und halte den Bericht aus Gründen der Rücksichtnahme unter Verschluss. Natürlich glaubten alle, dass die Wegmeister und der Bürgermeister ihren Job nicht richtig gemacht hätten, denn kurz nach diesem Bericht wurden auch alle Wegmeister entlassen und durch neue ersetzt. Noch bevor weitere Massnahmen eingeleitet wurden, verschwand die fünfte Person, eine ältere Dame namens Elrike Johannson, eine Urlauberin aus Stockholm. Von neuem begannen riesige Suchaktionen bei denen fast die gesamte Bevölkerung des Dorfes teilnahmen - aber vergebens. Nun ordnete der Bürgermeister die Schliessung von drei Wanderrouten an, zwei anspruchsvolle und eine mittelschwere Route wurden geschlossen. Den Hotels im Ort wurde die Auflage gemacht, dass jeder Wandergast auf seinen Touren ein Sender tragen muss. Die kosten für die Anschaffung der Sender wurden vom Dorf übernommen. Nun hofften alle, dass endlich Ruhe in den Ort einkehren würde, denn die zahlreichen Meldungen von vermissten Personen zog das Interesse der Presse nach sich, welche Schauermärchen über das Dorf erzählten mit Schlagzeilen wie: 'Wandern im Todes-Tal.'. Nach diesen Vorfällen war das Geschäft mit den Wandergästen für einige Jahre ziemlich am Boden und zwei von fünf Hotels mussten schliessen."

Sie hielt mit dem Erzählen kurz inne, führte ihren Latte Macchiato zu den Lippen und nahm einen kleinen Schluck, während sie durch das Fenster des Cafés auf die Strasse zu den Häusern blickte, die langsam in der Dämmerung und den sich auftürmenden, dunklen Gewitterwolken zu verschwinden schienen. Philius sah sie an und nahm ebenfalls einen grossen Schluck von seinem Kaffee, und noch einen und danach noch einen. Er liess ihr etwas Zeit, denn er wusste, warum sie ihre Geschichte unterbrach. Nach dem fünften Schluck Kaffee fragte er: "Und was war mit Ihrem Bruder?". Sie wendete sich wieder zu ihm hin und sah ihn eine Weile mit leerem Blick an. Dann sagte sie:

"Mein Bruder war damals 18 Jahre alt, sehr sportlich, kräftig gebaut und kannte die umliegenden Wälder und Wege wie seine Westentasche. Er war am Gymnasium gerade dabei eine Biologie-Arbeit über Fledermäuse zu verfassen. Ihn interessierten diese Tiere seit er als kleines Kind Batman im Fernsehen sah. Damals begann er Bücher über Fledermäuse zu lesen und kannte bis zum Schluss vermutlich fast alle Arten und Unterarten von Fledermäusen, die es überhaupt nur gab. Aber er kannte nicht nur die verschiedenen Arten, sondern wusste auch über ihre Besonderheiten bescheid, wo sie leben, was sie fressen, wann sie auf Beutefang gehen, wie sie ihre Jungen aufziehen - einfach alles. Er war richtig besessen von diesen Viechern. Natürlich musste er für diese Arbeit in der Dämmerung aus dem Haus, um die Fledermäuse zu fotografieren und sie zu beobachten, ja, um überhaupt stellen zu finden, wo sie lebten und sie auf der Karte einzuzeichnen. Meine Eltern waren, wie Sie sich vorstellen können, nicht gerade begeistert von diesem Schulprojekt. Sie hielten es für gefährlich, wenn er in der Nacht durch die Wälder zog um zu Felsen und Höhlen zu gelangen, in denen die Fledermäuse zu finden waren. Nachdem die Serie von Vermisst-Meldungen begonnen hatte, haben sie ihm schliesslich verboten seine Arbeit weiter zu schreiben. Gegen den Willen meines Bruders haben sie mit dem Biologielehrer gesprochen, der ihm ein anderes Thema zuteilte. Mein Bruder hatte aber schon so viel Zeit investiert, dass er nicht auf meine Eltern hören wollte und so schlich er sich abends aus dem Haus. Als meine Eltern es eines Nachts bemerkten, kam es zu einem fürchterlichen Streit. Sie schrien einander eine halbe Stunde an, ohne aufeinander einzugehen. Mein Bruder wollte wutentbrannt aus dem Haus rennen, aber mein Vater hielt ihn zurück und gab ihm eine Ohrfeige. Darauf hin packte mein Bruder meinen Vater mit Beiden Händen vorne an seiner Strickjacke, brüllte ihn an "Ich hasse dich!" und mit seiner ganzen Kraft warf er ihn regelrecht über die Couch auf den gläsernen Salontisch, der dabei mit einem lauten Knall zu Bruch ging und meinem Vater den Arm zerschnitt. Während mein Vater am Boden lag und seine blutende Schnittwunde am Arm hielt, nahm mein Bruder seinen Rucksack neben der Tür und rannte aus dem Haus. Danach sah ich ihn nie wieder. Mein Vater war an diesem Abend so voller Zorn, dass er ihn nicht suchen ging. Er wusste innerlich, dass mein Bruder Recht hatte, dass er die Gegend sehr gut kannte, dass er sehr gut aufpasste und, dass er ihm das Projekt nicht auf diese Art hätte kaputt machen dürfen. Er war zu weit gegangen, aber das war mein Bruder an diesem Abend auch. Am nächsten Morgen hatte ich keinen Bruder mehr. Niemals, auch nicht nach diesem Streit, wäre mein Bruder einfach weggelaufen. Vor diesem Streit war unsere Familie glücklich und zu meinem Bruder hatte ich das beste Verhältnis, das man überhaupt nur haben kann. Ich liebte ihn und er liebte mich - wir waren füreinander da. Natürlich hatten wir die Polizei informiert, doch anstatt nach meinem Bruder zu suchen, gingen sie davon aus, dass er nur weggelaufen sei wegen des Streits. Man müsse erst abwarten, meinten sie, schliesslich sei er vor dem Gesetz schon erwachsen und sei damit nicht verpflichtet nach einem Streit nach Hause zu kommen. Es sei normal, dass Jugendliche in diesem Alter sich auch mal störrisch verhalten würden und, dass sie Grenzen überschritten. Wir haben ihn zwei Tage lang gesucht, bis sich die Polizei endlich einschaltete. Sie befragten alle Freunde, durchkämmten die umliegenden Wälder, aber er verschwand spurlos. Ich bin mir absolut sicher, dass er das sechste Vermisst-Opfer dieser Serie ist, denn ganz egal wovon die Polizei ausgeht - ich kannte meinen Bruder und er wäre niemals einfach so weggelaufen! Alleine auf Grund des Streites zwischen meinem Vater und meinem Bruder kam dieser Fall nie an die Öffentlichkeit und stand deshalb nie in Verbindung mit den anderen Fällen. Das ist ein einziger, verdammt schlechter Witz! Ich habe nie aufgehört meinen Bruder zu suchen. Ich weiss, dass er nicht mehr lebt, aber ich will endlich herausfinden, was in dieser Nacht mit meinem Bruder passiert ist. Aber dazu muss ich herausfinden, was mit all den anderen Opfern passiert ist und deshalb habe ich mich an Sie gewendet. Ich möchte, dass Sie mir helfen neue Beweise, oder auch nur Indizien zu finden und im Gegenzug erhalten Sie eine spannende Geschichte." Sie sah Philius mit auffordern- dem, hoffnungsvollem Blick an, während er noch da- bei war die Geschichte zu verarbeiten. Er antwortete nicht, sondern klammerte sich an die grosse Tasse Kaffee in seinen Händen und nahm den sechsten Schluck. Es war ein grosser Schluck, der einen bitte- ren Geschmack in seinem Mund hinterliess. Er drehte sich zum Fenster und sah hinaus. Es war dunkel und bald würde es endlich beginnen zu regnen. Auch So- phie schaute aus dem Fenster in die Dunkelheit. Als beide so da sassen, hörte Sophie ihn sagen: "Ich werde Ihnen helfen.". Und in diesem Augenblick ging an der anderen Strassenseite die Strassenlampe an. Kurz darauf sah man im Lichtkegel der Strassen- lampe, für einen Bruchteil einer Sekunde, wie eine Fledermaus eine Motte fing, die sich zuvor kreisend aus der Dunkelheit ins Licht und wieder zurück be- wegt hatte. Dann begann es zu regnen. Es war spät geworden. Philius drehte sein Gesicht wieder zu So- phie und lehnte sich ein wenig über den Tisch zu ihr hin.

"Sie haben Ihre Geschichte aber noch nicht zu Ende erzählt. Wer sind SIE? Und warum stand heute Mor- gen eine falsche Sophie Veritas vor meiner Tür?"

"Ich weiss nicht wer SIE sind. Es müssen Leute sein, die auch nach 20 Jahren noch immer versuchen die

Vorfälle von damals zu vertuschen. Deshalb glaube ich auch, dass derjenige, der hinter allem steckt, noch immer dort lebt. Es sind Leute, die wissen, dass ich an der offiziellen Version zweifle. Leute, die von Dingen wissen, von denen sie gar nichts wissen können. Ich habe niemanden von dem Paket erzählt, das ich Ihnen zugeschickt habe. Es war auch nicht geplant, dass ich Sie heute Morgen aufsuchen werde. Es war eine spontane Bauchentscheidung, um Sie persönlich zu überzeugen, obwohl ich das erst nicht wollte. Mein Plan war, Sie mit diesem Brief neugierig zu machen, so dass Sie auf eigene Faust der Sache nachgehen. Deshalb habe ich auch etwas übertrieben - dachte ich jedenfalls bis dahin... Ich wollte nicht, dass Sie wissen wer ich bin, denn ich hatte seit geraumer Zeit das Gefühl, dass ich verfolgt werde. Jedes Mal, wenn ich irgendwo Informationen sammelte, hatte ich das Gefühl, dass mich jemand beobachtete. Ich habe mir eingeredet, dass ich paranoid bin, aber der heutige Tag hat mich eines Besseren belehrt - und jetzt habe ich Angst. Angst weiter zu machen, aber ich muss... Auch wenn ich Angst habe, die Ereignisse zeigen mir, dass ich Recht habe und deshalb muss ich weiter machen."

"Eines muss Ihnen klar sein: Ich interessiere mich für die Geschichte und ich helfe Ihnen Licht ins Dunkle zu bringen, aber sobald wir auf wertvolle Indizien stossen oder sogar auf handfeste Beweise, dass die ganze Geschichte nicht nur seltsame Vorfälle sind, sondern mehr dahinter stecken könnte, dann gehen wir zur Polizei!"

"Abgemacht."

"Na gut."

Sie verliessen das Café und gingen auf die schwach beleuchtete Strasse. Philius schlug sich den Kragen seiner Regenjacke hoch und fragte Sophie Veritas: "Wo wohnen Sie eigentlich? In einem Hotel?".

"Nein, ich hatte eigentlich geplant wieder nach Hause zu fahren, ich konnte ja nicht ahnen, dass ich heute verhaftet werde..."

Sie schmunzelte ein wenig und Philius hatte fast ein schlechtes Gewissen. "Keine Sorge", sagte Sie, "ich habe damit gerechnet, dass mein Aufenthalt länger werden könnte und einige Kleider eingepackt im Auto."

"Im Auto? Sie werden aber doch nicht im Auto übernachten wollen?" Philius sah sie an und merkte, dass sie vermutlich genau das im Sinn hatte.

"Wo genau steht Ihr Auto?"

"Eine Strasse von Ihrem Haus entfernt."

"Na kommen Sie, wir holen Ihr Gepäck und Sie übernachten bei mir im Gästezimmer. Es wurde noch nie benutzt, sie können sich also geehrt fühlen. Und keine Widerrede! Das ist das Mindeste was ich tun kann, nach dem ich Sie verhaften liess..."

Frau Veritas schmunzelte wieder und gehorchte - zum zweiten Mal an diesem Tag. Sie liefen auf dem Gehsteig, der feine Regen durchnässte langsam, aber unaufhaltsam ihre Haare und jeder Schritt den sie gingen, hallte in der stillen Nacht nach. Beim ihrem Auto blieb erst sie stehen, dann er und dann... Und plötzlich schauten sich beide erschrocken an.

"Was war das?", flüsterte sie angsterfüllt. Philius hielt den Zeigefinger vor den Mund und sagte, als ob nichts wäre: "Das ist ein guter Wagen, den Sie fahren. Volvos sind für ihre Sicherheit bekannt. Na los, nehmen Sie Ihr Gepäck heraus damit wir endlich aus dieser Nässe heraus kommen."

Sie sagte kein Wort mehr und öffnete so schnell sie konnte den Kofferraum und nahm ihr Gepäck heraus. "Haben Sie noch irgendwelche wichtigen Dinge im Auto?", flüsterte Philius ihr so leise er konnte zu.

"Nein."

"Na dann, nichts wie rein!"

Sie gingen schnurstracks und mit langen Schritten zu Philius Haus. Philius hatte den Schlüssel schon in der Hand, öffnete blitzschnell die Tür, machte das Licht an und schlug die Tür schon zu, als sie erst knapp über der Schwelle war.

"Scheisse ist das unheimlich! Haben Sie..."

"Ja, ich habe die Schritte auch gehört! Löschen Sie das Licht wieder!"

Frau Veritas, die neben dem Lichtschalter stand, tat heute zum dritten Mal, was Philius ihr sagte und löschte das Licht. Er schob ganz langsam den Vorhang des Fensters neben der Tür zur Seite und blickte in die Dunkelheit. Er konnte nichts erkennen. Sie drängte ihren Kopf neben seinen und sah ebenfalls hinaus. Sie verharrten länger als fünf Minuten regungslos vor dem Fenster, als plötzlich am Ende der Strasse ein Feuerzeug aufleuchtete. Neben der Flamme war nur ein dunkler Umriss zu erkennen. Die

Flamme verschwand und es leuchtete nur noch die Glut einer Zigarette. Die beiden beobachteten die Glut, wie sie sich mehrmals auf und ab bewegte. Dann, nach etwa zwei Minuten, setzte sich die dunkle Gestalt in Bewegung und verschwand in der Finsternis.

"Denken Sie..."

"Dass das ein Raucher war? Ja, das denke ich. Alles andere kann ich Ihnen auch nicht sagen. Wir hatten beide einen merkwürdigen Tag, der einen dazu verleitet Dinge zu sehen und zu hören, die vielleicht gar nicht da sind. Rauchen ist ungesund, aber deshalb sollten wir das da eben nicht überbewerten. Mir müssen beide schlafen und sollten uns erst morgen wider um irgendwelche Sachen kümmern..." Frau Veritas atmete durch und antwortete: "Sie haben Recht!". Er zeigte ihr das Gästezimmer und brachte ihr das Gepäck. Nachdem er ihr erklärt hatte, wo sich die wichtigsten Dinge im Haushalt befinden, wünschte er ihr eine gute Nacht und sie gingen zu Bett.

4. Kapitel: Das Todes-Tal

Am nächsten Morgen waren beide schon früh wach. Philius sass schon auf seinem Barhocker in der Küche und nippte an einem heissen Kaffee, als Frau Veritas aus ihrem Zimmer kam.

"Guten Morgen."

"Guten Morgen."

"Haben Sie gut geschlafen?", fragte er, obwohl er sich denken konnte, dass sie genau so schlecht geschlafen hatte wie er.

"Naja, den Umständen entsprechend. Der Abend war mir definitiv zu beklemmend für einen erholsamen Schlaf."

"Geht mir auch so... Möchten Sie einen Kaffee?"

"Gerne."

Er schenkte ihr aus seiner italienischen Kaffeekanne eine heisse Tasse Kaffee ein und stellte sie vor ihr auf die Bar, an der sie soeben platzgenommen hatte.

"Haben Sie auch Milch?"

"Natürlich, verzeihen Sie. Das ist die Macht der Gewohnheit."

Er holte die Milch aus dem Kühlschrank.

"Hier, bitte sehr, bedienen Sie sich selbst."

Er kritzelte noch etwas in seinen Notizblock, dann wendete er sich Sophie zu.

"Was machen Sie eigentlich beruflich?"

"Ich bin Floristin. Nicht so aufregend wie Ihr Beruf, aber auch kreativ."

"Oh, dann erfreuen Sie sich doch bitte an meinen Blumen, sonst verpassen Sie eine seltene Gelegenheit. Mein Verleger hat sie vorgestern mitgebracht. 'Damit wenigstens etwas in diesem Haus lebt!', meinte er. Ausserdem hätten die gerade Saison und so würde ich wenigstens etwas von der Aussenwelt mitkriegen, ungefähr so hatte er sich ausgedrückt..."

"Die sind wunderschön. Das ist eine Akelei, eine wunderschöne Blume."

"Ja, richtig... eine Akelei..." sagte Philius, als würde er erwarten, dass Sophie noch etwas hinzufügen werde. Dann sagte er:

"Wie auch immer, bei uns ist jetzt Recherche-Saison! Als erstes müssen wir in die Bibliothek, dann brauchen wir eine Karte von Ihrem Dorf. Haben Sie zufälligerweise von den Unterlagen, die Sie mir geschickt hatten noch eine Kopie?"

"Ja, natürlich, was denken Sie denn..."

"Dann fahren wir noch bei Ihnen vorbei und holen die Kopien. Ausserdem brauchen wir Wanderausrüstung, einen Kompass, müssen uns wichtige Notfallnummern heraussuchen und natürlich darf ich das Diktiergerät nicht vergessen, damit wir keine Details verpassen."

"Sie haben sich wohl schon ziemlich viele Gedanken gemacht wie es scheint...?"

"Naja, wie gesagt, ich habe auch nicht besonders gut geschlafen... aber jetzt frühstücken wir erst einmal!"

Er machte Spiegeleier mit Speck für sie. Er selbst trank nur Kaffee.

Kaum hatte Sie gefrühstückt, fing Philius an zu packen und sich vorzubereiten. Papier, Stifte, Taschenlampen, Erste-Hilfe-Set, Diktiergerät... Es sah aus, als wüsste er genau was er tut. Sophie Veritas packte lediglich ihre Kleider wieder in den Koffer und schaute Philius interessiert zu, wie er akribisch nach seiner Checkliste alle möglichen Dinge im Haus zusammensuchte und in seinen Rucksack packte. Am Ende hatte er einen Tramper und eine lederne Umhängetasche bereit. Danach parkierten sie ihren Wagen in seiner Garage und fuhren mit seinem Geländewagen zur Bibliothek, wo er alle Bücher auslieh, die mit Fledermäusen zu tun hatten. Ausserdem lieh er sich ein Buch mit Wanderrouten aus der Umgebung des Dorfes aus, das aber sicherlich schon 40 Jahre auf dem Buckel hatte und aussah, als ob es Gutenberg selbst gedruckt hätte.

"So", sagte er, "jetzt fahren wir zu Ihnen und holen die Kopien."

"Naja, zu mir fahren ist gut, ich brauche ja noch meine Wanderschuhe und so, aber die Kopien habe ich vorsorglich in einem Schliessfach versteckt.", antwortete sie und wusste, dass sie etwas lächerlich wirkte. Nach dem gestrigen Abend war ihr das aber egal und auch ihm erschien es nicht mehr übertrieben. Sie fuhren also zu ihr nach Hause, um die Wanderschuhe zu holen - und so... Mit "und so..." bezeichnete sie unter anderem einen Revolver, den sie, wie sie sagte, zur Beruhigung manchmal mitnahm. Sie wusste zwar, dass das verboten war, aber das war ihr momentan recht egal - sie hatte Angst und es gibt kein besseres Mittel gegen Angst, als vorbereitet zu sein. Wäre sie aber ehrlich zu sich selbst gewesen, dann hätte sie wohl zugeben müssen, dass sie den Revolver vermutlich nicht einmal dann gebrauchen würde, wenn ihr Leben auf dem Spiel stand. Sie war nicht die Art Mensch, die das Leben eines anderen beenden könnte. Nicht ohne Grund war sie Vegetarierin, denn sie konnte es mit ihrem Gewissen nicht vereinbaren, dass ein Tier für sie sterben soll. So hatte Philius sie bereits eingeschätzt, als sie ihm am Morgen verriet, dass sie Vegetarierin sei. Er hatte ihr vergebens gebratenen Speck auf die Spiegeleier gelegt. Deshalb hielt er sie nicht davon ab, den Revolver einzupacken. Ausserdem dachte er sich: "Man kann nie wissen!".

Er war ohnehin damit beschäftigt ihre Wohnung genauestens zu analysieren. In einer psychologischen Zeitschrift hatte er nämlich einmal gelesen, dass man anhand der Wohnungseinrichtung von Leuten recht treffsicher ein Profil der Bewohner erstellen kann. Dieses Thema hatte ihn so fasziniert, dass er von da an in seinen Büchern vermehrt auch die Wohnungen der Protagonisten beschrieben hatte. Sophies Wohnung war recht spartanisch eingerichtet und wirkte fast ein wenig kühl. An den Wänden befanden sich Bilder, die so aussahen, als sein sie aus IKEA. Er konnte keine persönlichen Bilder entdecken, keine

Familienfotos, oder andere persönliche Gegenstände. Ausserdem war alles blitzblank und es herrschte eine Ordnung, als wären nicht nur die Bilder, sondern die ganze Wohnung aus dem IKEA-Katalog bestellt und 1:1 wieder so aufgebaut worden. Was gänzlich fehlte war die Post; keine Zeitungen, keine Briefe oder Rechnungen - auch keine Altpapiersammlung. So ordentlich die Wohnung war, so unordentlich schien der Schrankinhalt zu sein. Die Kleider waren nicht sehr liebevoll, ja teilweise zusammengeknüllt regelrecht zwischen die Tablare gequetscht worden. Einige Kleidungsstücke, die sie mitnehmen wollte, waren auf dem obersten Tablar, an das sie nicht ran kam, also musste er ihr einen Stuhl holen. Der Stuhl hatte ein rot gemustertes Kissen, das er noch entfernen wollte, doch ehe er dazu kam, stand sie schon darauf und wühlte im Schrank herum. Im Gegensatz zu seinen Vorbereitungen wirkten ihre äusserst chaotisch, aber schliesslich war auch sie bereit und alles was noch fehlte waren die Kopien der Unterlagen. Sie fuhren los um ihr Schliessfach aufzusuchen, doch das befand sich nicht etwa in einer Bank, nein, es befand sich in einem Hallenbad. Vermutlich hatte sie die Bedeutung des Wortes "Schliessfach" nicht ganz verstanden, denn das, was Sophie als Schliessfach beschrieben hatte, war nichts anderes als ein Spint in der Damenumkleide des Hallenbades.

"Das nennen Sie ein Schliessfach?", bemerkte er fast vorwurfsvoll, als sie vor der Damenumkleide standen.

"Naja, ein richtiges Schliessfach wäre mit häheren Kosten verbunden gewesen und wer sucht schon wichtige Unterlagen in einem Spint im Hallenbad...?"

Er musste zugeben, dass die Idee nicht unbedingt schlecht war. Er wartete etwa zehn Minuten, dann kam sie mit den Kopien zurück. Nun hatten sie alles beisammen, um den Fall oder besser gesagt die Fälle, neu aufzurollen und zu hinterfragen. Und so brachen sie auf, ins Todes-Tal, in das Dorf, in dem Sophie ihre Kindheit verbrachte. Die Fahrt sollte rund zwei Stunden dauern. Sie fuhr, weil sie den Weg kannte, und er schaute sich noch einmal ihre Notizen, die Zeitungsberichte und Vermisst-Anzeigen an. Schliesslich begann er in den Büchern über die Fledermäuse zu lesen und brachte an verschiedenen Stellen Klebezettel an. Letzten Endes dauerte die Fahrt gute zweieinhalb Stunden, in denen Philius und sie kein einziges Gespräch führten. Frau Veritas hatte einige Male versucht ein Gespräch in Gang zu bringen, aber Philius war so sehr in seine Lektüre vertieft, dass er manchmal nur knapp und manchmal gar nicht antwortete, weil er sie gar nicht gehört hatte - oder nicht hören wollte. Erst als der Geländewagen vor einem Hotel stehen blieb, hob er seinen Blick, schaute aus dem Fenster und packte seine Lektüre in seine braune, lederne Umhängetasche. Dann fragte er: "Sind wir da?".

"Ja, wir sind da. Das ist das Hotel Krone, unser bestes Hotel - es hat ganze drei Sterne..."

"Naja, wenn die drei Sterne für Bett, Dusche und Schreibtisch stehen, dann haben wir alles was wir brauchen."

Sie einigten sich darauf, dass sie aus praktischen Gründen ein Doppelzimmer und dessen Kosten teilen. Sie checkten ein, brachten ihr Gepäck aufs Zimmer und gingen etwas essen. Das Restaurant, war zwar mit "Restaurant" angeschrieben, hatte aber eher den Charakter eines amerikanischen Diners. Neben verschiedenen Hamburgern und Pommes war die Auswahl eher dürftig und den Kaffee, den sie nach dem Essen bestellten war eine braune Filter-Brühe, die mit Kaffee, wie Philius sich ihn vorstellte, nichts zu tun hatte. Bisher hatte das Todes-Tal nicht viel zu bieten, denn um diese Jahreszeit hatte es so gut wie keine Touristen und es war ein verschlafenes Nest, wie es im Buche steht. Es lag natürlich in einem Tal, daher ja der liebevolle Name "Todes-Tal", der sich die Presse ausgedacht hatte. Das bedeutete aber auch, dass die umliegenden Wanderwege sich alle oberhalb des Dorfes befanden. In einem Tal zu Wohnen kann schön sein, aber in diesem Tal kam die Sonne vermutlich gerade einmal fünf Minuten bis zum Dorf, dann müssten, nach Meinung von Philius, die umliegenden Berge die Sonne schon wieder verdecken. "Finster-Loch" wäre ein ebenso treffender Name gewesen. Todes-Tal hatte sich aber bereits in sein Hirn gebrannt, während er schon vergessen hatte, wie das Dorf wirklich hiess.

Er nahm einen Schluck Kaffee, verzog das Gesicht und stellte ihn bei Seite. Dann sah er zu Frau Veritas und fragte:

"Nun, Sie haben es geschafft, dass ich Ihnen in Ihr Dorf gefolgt bin, um Ihnen zu helfen. Was schlagen Sie also vor? Wie gehen wir vor? Was tun wir als erstes?"

Sophie machte grosse Augen und war sichtlich über-fordert. Nach kurzer Überlegungszeit meinte sie:

"Alle Vermissten wurden als Opfer der Wanderwege dargestellt. Vielleicht sollten wir uns als erstes alle Wanderrouten ansehen - vielleicht fällt uns dort etwas auf, das uns weiter bringt."

"Nein...", sagte Philius, "Die Wanderrouten erstre-cken sich über gesamthaft mehrere 100 km! Die Chance, dass wir auf diesem Weg irgendeinen Hin-weis auf überhaupt irgendetwas finden ist gleich null."

"Naja, was schlagen Sie denn vor - Sherlock Hol-mes?"

"Ich schlage vor, dass als erstes einmal hier bleiben und die Köpfe zusammen strecken."

"Die Köpfe zusammenstecken?"

"Ja, die Köpfe zusammenstecken... sich austau-schen... kommunizieren..."

"Na gut, dann kommunizieren Sie einmal Herr So-lum..."

"Also, als erstes fangen wir damit an, dass Sie mich Philius nennen." Er streckte ihr die Hand entgegen. Sie erwiderte die Geste und sagte: "Sophie!".

"So... Nun, da wir das hinter uns haben, können wir anfangen!"

Er nahm sein Diktiergerät hervor und stellte es an. Dann zog er sein Notizheft und einen Stift aus der Ta-sche.

"Weisst du Sophie, wir brauchen eine Theorie, die Ausgangspunkt von unseren Ermittlungen ist. Alles fängt mit einer Theorie an und soweit ich dich bis jetzt verstanden habe, gehst du davon aus, dass die vermissten Personen in irgendeinem Zusammenhang stehen. Ausserdem glaubst du, dass das Weglaufen deines Bruders ebenfalls in diesen Zusammenhang gehört. Das gehört alles zu unserer Theorie, denn bewiesen ist davon bislang noch gar nichts. Im Weiteren verstehe ich deine Anspielungen so, dass du davon ausgehst, dass die Vermissten vermutlich ermordet wurden. So weit alles richtig?"

"Ja, genau das denke ich."

"Gut. Gehen wir also in unserer Theorie davon aus, dass du Recht hast, dann würde das bedeuten, dass irgendjemand einen Grund hatte die Leute zu ermorden. Es muss also jemand ein Motiv gehabt haben. Motive wiederum gibt es viele, aber so ziemlich alle lassen sich auf folgende Grundmotive zurückführen: Liebe, Geld, Macht oder Psychische Krankheit. Bislang erkenne ich aus deinen Erzählungen nur einen Verdächtigen - den Bürgermeister. Er ist der einzige, der durch die Vermisst-Fälle profitiert hat und durch sie zu seinem Amt gelangt ist. Wir müssen uns also bei unseren Ermittlungen erst einmal auf ihn konzentrieren. Siehst du das auch so?"

"Ich weiss nicht... Der Bürgermeister...? Ist das nicht etwas weit her geholt."

"Natürlich ist das weit her geholt, aber bisher haben wir ja keinen anderen Anhaltspunkt. Weitere Verdächtige werden wir vielleicht im Zuge unserer Recherchen erhalten..."

"Na gut, dann konzentrieren wir uns also erst einmal auf den Bürgermeister. Aber wo fangen wir bei den Recherchen an?"

"Da habe ich auch schon eine Idee. Du hattest mir doch erzählt, dass du glaubst, wenn du die Vermisst-Fälle aufklären könntest, dann würdest du vielleicht auch den Fall von deinem Bruder klären können?"

"Ja, das habe ich gesagt."

"Ich glaube, dass wir genau umgekehrt vorgehen müssen. Dein Bruder hatte doch diese Arbeit über die Fledermäuse begonnen und auf einer Karte eingezeichnet welche Fledermäuse er hier in der Umgebung entdeckt hatte und wo?"

"Ja, und...?"

"Ja und diese Karte könnte uns doch Hinweise geben, wo er an dem Abend, als er verschwand möglicherweise hin ging. Er war doch geradezu besessen von dieser Arbeit. Da liegt doch die Vermutung nahe, dass er an einen dieser Orte auf seiner Karte gehen wollte, oder gegangen ist. Von allen anderen Vermissten haben wir absolut keine Anhaltspunkte, aber von deinem Bruder schon."

"Naja, aber die Karte hatte er doch an diesem Abend dabei. Er hat sie mitgenommen, also haben wir keine Karte."

"Richtig, aber das ist doch bereits ein Indiz dafür, dass wir auf der richtigen Spur sind. Warum hätte er die Karte mitnehmen sollen, wenn er nicht an seiner Arbeit weitermachen wollte? Ich glaube wir haben zwei Möglichkeiten.

Erstens: Wir könnten selber auf die Suche nach den Fledermäusen gehen und uns eine eigene Karte anfertigen. Mit Hilfe der Bücher, die ich mir ausgeliehen habe, weiss ich worauf ich achten muss, und wir könnten verdächtige Stellen suchen und überprüfen. Bestimmt ist dein Bruder auch nicht anders vorgegangen. Das dürfte allerdings mehrere Wochen in Anspruch nehmen..."

"Was ist mit zweitens...?"

"Zweitens: Bestimmt musste dein Bruder bei einer Arbeit dieser Grösse, die über einen längeren Zeitraum betreut wurde, von Zeit zu Zeit einen Zwischenbericht beim Lehrer abliefern. Vielleicht, wenn wir Glück haben, existieren noch teile seiner Arbeit am Gymnasium, an dem er war."

"Hmm... Ich weiss nicht... Beide Varianten sind nicht wirklich erfolgsversprechend, aber was soll ich sagen - ich habe keinen anderen Vorschlag... Also hoffen wir aufs Gymnasium, das ist immerhin ein Anfang"

"Ja, aber anfangen werden wir ganz wo anders..."

"Wo anders? Was meinst du?"

"Ich meine wir fangen damit an, dass wir uns einen vernünftigen Kaffee besorgen. Diese Brühe bringt einen ja um!"

5. Kapitel: Der schwarze Mercedes

Sie standen vor dem Gymnasium, dass ihr Bruder besucht hatte und gingen hinein, in der Hoffnung, dass der Lehrer, der damals die Fledermaus-Arbeit begleitet hatte, noch immer hier unterrichtete oder, dass sie auf wundersame Weise plötzlich einen Hinweis in den Händen hielten, der Sophies Theorien irgendwie untermauern könnte. Sie waren beide nicht sehr zuversichtlich, aber das Glück ist immer mit den Tüchtigen, wie man sagt. Im Sekretariat angekommen, trafen sie auf eine alte, grauhaarige Frau mit Lesebrille, die gerade dabei war Akten abzulegen. Sie lief gerade von einem riesigen Aktenschrank zum anderen und musste sich sichtlich anstrengen die bleischwere Aktenschublade zu öffnen. Sie war so angestrengt bei der Sache, dass sie die zwei gar nicht bemerkte. Erst, als sie die riesige Schublade unter Einsatz ihres ganzen Köpers wieder zugeschoben hatte, entdeckte sie, dass sie Besuch hatte.

"Oh, sind sie schon lange da? Es tut mir leid, ich habe sie nicht bemerkt. Sie müssen Herr Solum sein."

"Ja der bin ich. Habe ich mit Ihnen telefoniert?"

"Ja, ich bin Erika Berger, die Leiterin des Schulsekretariats an dieser Schule. Sie sind auf der Suche nach einem Biologielehrer, der einen Schüler mit Namen Gabriel Veritas in seiner Klasse gehabt haben soll, ist das richtig?"

"Ganz genau so ist es Frau Berger."

"Nun, ich bin nach Ihrem Telefonat einige der alten Akten durchgegangen und habe tatsächlich einen Gabriel Veritas gefunden. Offenbar war er bei Herrn Daniel Meier in der Klasse. Er wurde vor fünf Jahren pensioniert, aber ich habe Ihnen die letzte Adresse herausgeschrieben, die wir von ihm haben."

Sie bedankten sich herzlich und verliessen das Gymnasium. Sie stiegen ins Auto, um gleich zu der Adresse zu fahren, die sie soeben erhalten hatten. Sie sassen schon im Auto als Philius ein schwarzer Mercedes auffiel.

"Sophie", sagte er, "siehst du den schwarzen Mercedes dort ganz hinten auf dem Parkplatz?"

"Den Geländewagen?"

"Ja, den meine ich."

"Ich sehe ihn, aber was ist damit?"

"Ich weiss es noch nicht, aber achte dich von jetzt an bitte, wann du einen solchen Mercedes siehst."

"Wieso? Was ist los? Werden wir verfolgt?"

"Ich denke ja..."

"Einen gleichen Mercedes habe ich schon vor dem Hallenbad gesehen, dann beim Hotel und jetzt hier"

"Fahr beim wegfahren an ihm vorbei, dann notiere ich mir das Kennzeichen."

"Okay"

Sie fuhr am schwarzen Mercedes vorbei. Der ganze Wagen hatte getönte Scheiben. Philius notierte sich das Kennzeichen und sie fuhren zum Biologielehrer.

Unterwegs meinte Philius, dass sie irgendetwas übersehen würden.

"Wieso, was meinst du damit?", fragte Sophie.

"Na überleg doch mal. Warum hattest du schon seit geraumer Zeit das Gefühl, dass du verfolgt wirst? Warum hat sich jemand für dich ausgegeben und dein Packet bei mir abgeholt? Und warum werden wir hier verfolgt?"

"Ich weiss es nicht, weil wir nach Dingen fragen, nach denen wir nicht fragen sollten, vermute ich einmal."

"Nein, wenn es nur um Überwachung gehen würde, dann hätten sie das Risiko nicht auf sich genommen, und auch den Aufwand nicht betrieben, dieses Päckchen bei mir abzuholen. Nein, ich denke, dass die glauben, dass wir schon etwas in den Händen halten, was ihnen unangenehm werden könnte. Ich glaube, liebe Sophie, dass du schon etwas gefunden hattest, das wir nur noch nicht richtig interpretiert haben."

"Naja, im Moment werden wir nur überwacht, aber was denkst du was passieren wird, wenn wir zufällig finden sollten, was wir suchen?"

"Unter diesen Umständen bin ich mir ehrlich gesagt nicht ganz sicher, ob wir noch genug Zeit haben werden zur Polizei zu gehen... Wenn ich so ganz ehrlich bin, dann bereue ich jetzt, dass ich nicht auch einen Revolver bei mir habe..."

"Könntest du bitte aufhören mir Angst zu machen! Vielleicht waren das drei völlig verschiedene Mercedes, die du gesehen hast."

"Ach komm hör auf, über diesen Punkt sind wir doch wohl hinaus. Denkst du immer noch, dass wir paranoid sind? Du bist zu mir gekommen und ich war skeptisch, aber jetzt bin ich es nicht mehr. Nie im Leben waren das unterschiedliche Autos! Nein, es war dasselbe Auto."

Die beiden schwiegen sich eine kurze Weile an, dann sagte Philius plötzlich ganz aufgeregt:

"Na gut... Geh da vorne rechts von der Strasse ab auf den Waldweg."

"Was? Wieso? Zum Biologielehrer geht es aber da lang und nicht durch den Wald."

"Glaubst du, dass ich das nicht weiss? Mach verdammt noch mal einfach, was ich dir sage, geht das?!"

"Ist ja gut..."

"Und hör auf immer zu fragen 'Wieso?'! Du wirst schon sehen was passiert."

Sophie tat was er so energisch von ihr verlangte und bog auf den Waldweg ab. Er befahl ihr, dass sie noch etwas weiter fahren sollte, bis sie plötzlich hinter einem Busch anhalten sollte. Er befahl ihr weiter, dass sie den Motor abschalten solle, dann stieg er aus und legte ein Tarnnetz, das er im Kofferraum hatte, über den ganzen Wagen. Über das Tarnnetz schliesslich legte er noch einige Äste, die er gerade in nächster Umgebung fand. Plötzlich lief er in Windeseile durch den Wald zur Strasse hinab, die sie vorhin verliessen und schaute nach oben zu ihrem Wagen. Dann rannte er wieder zurück und steig endlich wieder ins

Auto ein. Das ganze dauerte geschätzt nur etwa eine Minute.

"Ist das dein Ernst?"

"Sieht es so aus, als ob das nicht mein Ernst wäre? Sei einfach still und schau auf die Strasse. Warte einfach ab..."

Sie warteten nicht lange, da fuhr auch schon der schwarze Mercedes an ihnen vorbei. Er schien etwas langsamer an ihnen vorbei zu fahren, aber vielleicht bildeten sie sich das auch ein. Philius sagte kein Wort, sondern stieg einfach wieder aus, verstaute das Tarnnetz wieder im Kofferraum und stieg wieder ein.

"So, jetzt fahren wir zum Biologielehrer. Hier sind 50 Franken, die setze ich und wette, dass der schwarze Mercedes bereits dort auf uns warten wird."

Sie fuhren weiter, aber Sophie hatte plötzlich ein ganz ungutes Gefühl im Bauch. Auch Philius wusste nicht so recht, ob er die Wette wirklich gewinnen wollte.

Beim ehemaligen Biologielehrer angekommen, konnte Sophie aufatmen, denn es war kein schwarzer Mercedes zu sehen. So blieb ihre Hoffnung bestehen, dass sie vielleicht doch noch nicht in jener Gefahr waren, die sie beide befürchteten. Sie parkierten ihren Wagen direkt vor der Haustüre und mussten nur noch durch den gepflegten Garten gehen, um an der Türe klingeln zu können, und das taten sie. Sie klingelten insgesamt drei Mal und warteten geduldig, doch es öffnete ihnen niemand die Tür. Enttäuscht gingen sie wieder zum Auto, als gerade ein älterer

Mann mit Einkaufstaschen um die Ecke bog und auf das Haus zusteuerte.

"Verzeihung, sind Sie Herr Meier, Herr Daniel Meier?", fragte Philius den Mann.

"Das kommt ganz darauf an wer Sie sind."

"Verzeihen Sie, dass wir sie hier vor Ihrer Haustüre überfallen. Mein Name ist Philius Solum und das ist Sophie Veritas. Wir sind auf der Suche nach Antworten. Es geht um das Verschwinden von Gabriel Veritas, einem ehemaligen Schüler von Ihnen."

"Ah ja, daran kann ich mich noch sehr gut erinnern. Das ist aber schon lange her. Ich nehme an, dass Sie nicht zufällig denselben Namen haben?"

"Sie nehmen richtig an, ich bin seine Schwester."

"Ich kann mich noch sehr gut an Gabriel erinnern, er war ein äusserst engagierter Schüler - sehr interessiert. Wir waren damals alle sehr betroffen von seinem Schicksal. Es tut mir Leid, aber an Sie kann ich mich nicht mehr erinnern. Sind Sie auch aufs hiesige Gymnasium gegangen?"

"Ehm, nein... Ich bin... Ich wollte das damals nicht. Vermutlich hätte ich es auch nicht gekonnt."

"Naja, das kann ich verstehen, aber wenn Sie auch nur die halben Gene von ihm in sich tragen, dann denke ich, hätten sie es mühelos gekonnt. Wie kann ich Ihnen denn helfen?"

"Intelligenz ist lernbar, aber man muss sich dafür interessieren...", dachte Philius, aber sagte nichts.

"Es ist so, wir wissen, dass er vor seinem Verschwinden an einer Arbeit über Fledermäuse dran war, die Sie betreut hatten. Wir haben gerade erst angefangen die ganze Geschichte noch einmal etwas zu beleuchten, um vielleicht einen Anhaltspunkt zu finden, was damals geschehen ist. Es könnte unter Umständen hilfreich sein, wenn Sie noch irgendwo Teile seiner Arbeit hätten, oder auch sonst irgendetwas. Wir wissen, dass das ganze zwanzig Jahre her ist, aber wir möchten einfach nicht unversucht lassen, deshalb sind wir bei Ihnen."

"Natürlich, das kann ich verstehen. Ich muss gestehen, dass ich nach meiner Pensionierung meine ganzen Unterlagen mit nach Hause genommen habe - aber es herrscht ein heilloses Chaos. Ich habe einfach alles in Kisten verfrachtet. Wenn Sie möchten, kann ich nachsehen, ob ich noch etwas finde, aber garantieren kann ich das nicht."

"Das macht nichts, wir sind schon für den Versuch zu helfen sehr dankbar!"

"Na dann würde ich vorschlagen, dass Sie mit rein kommen."

Sie folgten dem alten Lehrer in sein Haus. Er offerierte sogar einen Kaffee, den Philius begeistert entgegennahm. Und während sie sich den koffeinhaltigen Genüssen widmeten, holte der pensionierte Lehrer eine Kiste nach der anderen ins Wohnzimmer und sie wurden Zeuge von etwa 35 - 40 Jahren Unterricht in Form von Unterrichtsmaterial so weit das Auge reichte. Bei diesem Anblick verschwanden ganz langsam alle Hoffnungen, dass unter all dem Material irgendetwas Hilfreiches zu finden wäre und wenn, dann erst nach Monaten der Suche. Aber solange Philius hier einen anständigen Kaffee erhielt, war er guter Laune und erstaunlich zuversichtlich. Und wie sich herausstellen sollte, war die Kaffeepause durchaus lohnend. Es dauerte rund eine Stunde, umgerechnet sind das ziemlich genau fünf Tassen Kaffee, bis der alte Biologe tatsächlich fündig wurde und einen ersten Entwurf von Gabriels Arbeit in den Händen hielt. Wer hätte das gedacht? Sophie bestimmt nicht... Aber auch Philius Geduld war wohl eher koffeinbedingt und nicht unbedingt von Zuversicht geprägt. Nun galt es aber herauszufinden, ob das Gefundene auch wirklich etwas her gab für die weiteren Ermittlungen.

"Herr Meier, ich muss Ihnen sagen, dass Sie wirklich einen fantastischen Kaffee zubereiten. Im übrigen sind wir Ihnen mehr als dankbar, dass Sie uns so engagiert Helfen. Ich will Ihre Zeit nicht über Gebühr in Anspruch nehmen, aber Sie haben die Arbeit betreut und könnten uns helfen, wenn sie zufällig noch wüssten, ob darin irgendwo eine Karte enthalten ist."

"Eine Karte? Oh, ich weiss was Sie meinen, sie suchen nach der Karte, in der er die Standorte der Fledermaus-Höhlen einzeichnete. Warten Sie, ich kann mich daran erinnern, dass er eine solche abgeben sollte, in der mindestens drei Standorte verzeichnet sind, damit ich ihn die Arbeit überhaupt schreiben lassen konnte. Viele Schülerinnen und Schüler übernehmen sich nämlich bei solchen Arbeiten und merken dann plötzlich, dass ihr Konzept wohl etwas zu umfangreich war. Bei Gabriel aber war das nicht so, er hatte bereits nach wenigen Wochen weit mehr als drei Standorte finden können."

Er blätterte die Arbeit durch während er weiter erzählte.

"Das war sehr überraschend für mich. Nicht, dass er die drei Standorte fand, das erachtete ich als durchaus realistisch, aber dass er so viele fand, dass war die erste Überraschung. Die zweite Überraschung war, dass er insgesamt fünf verschiedene Arten gefunden hatte. Ich dachte damals, dass er sich vermutlich etwas vertan hatte und habe ihm deshalb die Auflage erteilt, dass er versuchen sollte, die Fledermäuse an ihrem Standort zu fotografieren. Und ich weiss noch ganz genau, dass er mir von fünf verschiedenen Standorten Fotos zeigte, die ganz klar auf fünf verschiede Fledermausarten hindeuteten. Sie finden das vielleicht nicht besonders spannend, aber das ist schon eine beachtliche Vielfalt hier bei uns. Es gibt Weltweit über tausend Fledermausarten, wovon hier vielleicht dreissig heimisch sind. Eine dieser Arten, die Gabriel gefunden hatte ist aber in Polen beheimatet und dürfte, nach Lehrbuchmeinung, hier gar nicht vorkommen."

Er sass mittlerweile am Tisch, hatte die Lesebrille aufgesetzt und war gerade dabei zwei Blätter im Format A4 auf dem Tisch auszubreiten.

"Hier sehen Sie die Karte mit den verschiedenen Standorten. Sehen Sie das? Sie müssen die zwei Blätter nebeneinander halten, sie ergeben zusammen die Karte. Sehen Sie? Hier ist Norden und das sind die Standorte. Neben jedem Standort ist eine Nummer aufgeführt, die Sie in der Legende nachschlagen können. Dort steht dann die jeweilige Art, die er an dieser Stelle gefunden hatte. Die Art wiederum könnten Sie gemäss Inhaltsverzeichnis in seiner Arbeit finden. Leider existiert noch kein Inhaltsverzeichnis, so weit ist es leider nie gekommen. Aber hier, da haben Sie die Fotos von denen ich gesprochen habe, und auf der Rückseite hatten wir gemeinsam nachgeschlagen, um welche Art es sich handelt. Was Sie hier sehen ist zwar meine Handschrift, aber ich kann mich noch gut daran erinnern, dass er bei seiner eigenständigen Bestimmung absolut richtig lag. Ich hatte seine Ergebnisse lediglich mit ihm überprüft. Also ich muss Ihnen sagen, diese Arbeit ist zwar noch nicht fertig, aber sie übertriff bis dahin alle Erwartungen, die ich an einen Schüler stellen konnte. Sie können wirklich stolz auf ihren Bruder sein. Das ganze ist etliche Jahre her, ich weiss nicht mehr alles im Detail, aber ich kann mich noch an Ihren Bruder und seine Arbeit erinnern. Ich gebe Ihnen das mit. Er hat sehr gute Arbeit geleistet. Ich glaube nicht, dass Sie in seiner Arbeit einen Hinweis auf sein Tod finden, aber wünsche Ihnen nur das Beste!"

"Sophie bedankte sich ausführlich bei Herrn Meier und sprach noch einige Zeit mit ihm, während Philius einen letzten Kaffee erhielt, bevor sie sich endgültig verabschiedeten. Plötzlich bemerkte Philius, dass zwischen Untertasse und Tasse ein unheimlich kleiner Zettel eingeklemmt war. Er blickte unauffällig zum Biologielehrer hinüber, dem der Blick nicht entging. Er schaute ihm nur ganz kurz in die Augen, aber es reichte, damit Philius verstand, dass die Botschaft ihm galt. Auf dem kleinen Zettel stand. "Vertrauen Sie NIEMANDEM!". Schliesslich verabschiedeten sie sich noch endgültiger als die vorderen drei Male...

Entgegen aller Skepsis hielten sie nun ihren ersten Anhaltspunkt in den Händen. Damit waren sie zwar noch weit entfernt von einem Indiz, das ihre weit hergeholte Theorie bekräftigen könnte, aber es war ein Anfang. Als sie wieder im Auto sassen drehte Philius sich zu Sophie hin:

"Werde jetzt bitte nicht nervös und verhalte dich so unauffällig wie es geht."

Er deutete mit seiner Hand ans Ende der Strasse. Sophie blickte langsam in die angezeigte Richtung. Dann drehte sie sich schnell wieder zu Philius und flüsterte beängstig:

"Oh mein Gott... Wir werden wirklich verfolgt!"

"Ganz ruhig, verfolgt zu werden ist noch nicht gefährlich, noch nicht einmal bedrohlich. Wenn sie uns Angst machen wollten, würden sie sich nicht so bedeckt halten. Wir sollten uns ruhig verhalten. Sollen sie uns doch verfolgen, das bedeutet, dass wir etwas auf der Spur sind. Wenn wir für sie zu viel herausfinden, dann werden sie sich schon bemerkbar machen. Bis dahin machen wir einfach weiter. Sein wir ehrlich, bislang haben wir noch gar nichts herausgefunden und ich bin sicher, dass die das auch wissen."

"Hmm... Du hast hoffentlich Recht... Ich vertraue dir. Ausserdem will ich jetzt nicht aufhören, nicht bevor wir den Fledermäusen nachgejagt sind. Gehen wir zurück ins Hotel?"

"Ja, wir gehen zurück ins Hotel und ich gebe dir einen aus - schliesslich habe ich gerade 50.- wieder gewonnen."

Er brachte sie zum Lächeln.

"Na los, geben wir ihnen etwas zu tun. Fahr los."

"Okay", sagte sie, "aber du weisst schon, dass du mit dir selbst gewettet hast?"

"Naja, gewonnen ist gewonnen..."

Er erzählte Sophie nichts von dem Zettel, denn die Nachricht galt offensichtlich nur ihm. Er entschloss sich, diese Nachricht genau so geheim zu halten, wie der alte Lehrer es mit seinem Blick von ihm verlangte. Er wollte niemanden in Gefahr bringen und Geheimnisse waren bei ihm sehr gut aufgehoben. Er machte sich die nötigen Gedanken dazu nur für sich alleine.

Auf ein Mal kam ihm die erste Kindergeschichte in den Sinn, die er geschrieben hatte. Es ging um eine Insel, die vom Rest der Welt völlig getrennt war und auf der alle Bewohner Blind waren - alle Bewohner, ausser einem einzigen, der nicht blind war, dafür aber taub. Natürlich erzählte der Sehende allen Blinden, was er alles sehen konnte, aber die haben ihn nur ausgelacht und ihm nicht geglaubt. Der Sehende sah, wie alle über ihn lachten und war froh, dass er taub war...

Philius wusste, dass nicht alle Sehenden, die unter Blinden leben, das Glück haben auch taub zu sein. Für manche Sehenden war es deshalb besser, wenn sie sich stumm stellten.

6. Kapitel: Der Wald und seine Geheimnisse

Wie versprochen, gab Philius Sophie noch einen aus, aber Sophie war so müde, dass sie bald danach ins Bett wollte. Philius blieb in der Hotelbar - er blieb noch lange.

"Morgen..."

Sophie hatte gerade erst die Augen geöffnet und musste sich erst kurz orientieren, um herauszufinden wo sie war. Sie hob den Kopf langsam aus dem Bett, dann wurde ihr alles klar und sie liess sich wieder ins Kopfkissen fallen.

"Wie spät ist es?"

"Du meinst wohl wie früh... Es ist sechs Uhr, Zeit zum Aufstehen."

"Sechs Uhr?"

"Verdammt, hast du überhaupt geschlafen?"

"Geschlafen wird später. Ich habe mich etwas ausgeruht, das muss reichen."

Sie schaute ihn an. Er sah beschissen aus, aber der Kaffee in seiner Hand verriet ihr warum er so gut gelaunt war. Vermutlich war es nur eine Frage der Zeit, bis das Koffein seine Wirkung verlor und er zum Zombie mutierte.

"Na los, mach dich frisch, wir gehen frühstücken und besprechen das weitere Vorgehen."

Sophie hatte keine Chance, es klang, als würde er es sehr ernst meinen und eigentlich war sie ihm ja dankbar, dass er sich auf die Geschichte einliess. Dass er sich so verbissen dahinter klemmen würde hätte sie zwar nicht gedacht, aber für sie konnte das nur positiv sein, also tat sie was er sagte und zog sich an den Haaren aus dem Bett. Kurze Zeit später sassen sie an einem Tisch. Während sich Sophie die Marmelade auf ihr Brot strich, bestellte sich Philius eine Tasse Kaffee, denn er hatte entdeckt, dass man sich auch Bohnenkaffee bestellen konnte, man musste es nur speziell verlangen. Das war seine Vorstellung von Frühstück.

"Isst du denn nichts?"

"Ich habe keinen Hunger - nicht auf Dinge, die man hier bestellen könnte"

"Du bist ein Koffeinjunkie, das weisst du schon, oder?"

"Ach... Jeder hat sein Laster. Mein Gehirn arbeitet einfach besser wenn Kaffee in der Nähe ist. Muss etwas genetisches sein, meinem Vater ging es auch so, hat man mir gesagt."

"Etwas Genetisches... Hm..."

"Ja, man konnte die Gensequenz bisher nur noch nicht identifizieren, die für diesen Effekt zuständig ist. Ich bin aber zuversichtlich, dass die Wissenschaft in den kommenden Jahrzehnten in dieser Frage weiterkommen wird. Bis dahin hilft mir als Betroffenen nur Kaffee."

Er nahm demonstrativ einen grossen Schluck aus der überdimensionalen Tasse, die ihm gerade eben gereicht wurde.

"So, nun aber zum Thema. Ich habe mir gestern noch einmal die Unterhaltung mit dem Biologielehrer angehört."

"Angehört? Hast du das Gespräch etwa aufgezeichnet?"

"Natürlich, was dachtest du denn? Mein Diktiergerät trage ich immer bei mir. Es ist unmöglich sich alles aus einer Unterhaltung zu merken und manchmal ist nicht nur der reine Informationsgehalt massgeblich, sondern auch die Art und Weise, wie einem die Information mitgeteilt wird. Könntest du mich jetzt bitte einmal ausreden lassen und die Bemerkungen unterlassen?"

"Entschuldigung..."

Sie verdrehte die Augen und fügte schnippisch hinzu:

"Bitte, ich werde dich nicht mehr unterbrechen..."

"Also... Ich fasse mich kurz, damit du gar nicht erst auf die Idee kommst, mich zu unterbrechen. Wir könnten heute versuchen alle 'Fledermaus-Heime' abzuklappern, aber wenn man die Karte anschaut, ist das nicht machbar. Es sind zu viele und sie sind zu weit voneinander entfernt. Der alte Lehrer hat doch erwähnt, dass eine Fledermausart hier eigentlich gar nicht heimisch ist. Das ist etwas Besonderes und besondere Dinge verlangen nach besonderer Behandlung. Ich habe also in meinen Büchern und der Arbeit deines Bruders nachgeschlagen und herausgefunden, dass es sich um eine Fledermausart handelt, die bislang in Gebieten am Kaukasus und Teilen Europas gefunden wurden - darunter auch Polen. In der gestrigen Unterhaltung erwähnte der Biologielehrer aber nicht Europa, nicht den Kaukasus, sondern ganz einfach Polen. Seltsam für einen Biologielehrer, findest du nicht?"

Er stellte die Frage und fügte sogleich hinzu:

"Untersteh dich! Das war lediglich eine rhetorische Frage, es geht noch weiter!"

Er nahm seine Tasche hervor und zog Gutenbergs Erstausgabe der hiesigen Wanderwege heraus, sowie die Karte ihres Bruders.

"Die ganz besonderen Fledermäuse haben hier, hier und hier ihre Zelte aufgeschlagen. Dein Bruder hat wirklich sehr gute Arbeit geleistet! Das ist ein Gebiet von etwa vier Quadratkilometer würde ich schätzen. Na gut, ich habe es grob mit dem Lineal vermessen... Interessant wird das Gebiet aber erst richtig, wenn wir die Wanderrouten hinzuziehen. Der Barkeeper, der uns gestern bedient hatte, ist ausserdem ein begeisterter Wanderer und führt ab und zu Touristen durch die Landschaft. Sein Name ist übrigens Fredi und er lebt schon über vierzig Jahre hier, eigentlich seltsam, dass du ihn nicht kennst... Wie auch immer... Er war so freundlich mir behilflich zu sein, wenngleich er nur ein müdes Lächeln für meinen Reiseführer übrig hatte. Wie dem auch sei... Es stellte sich heraus, dass die gesperrten Wanderrouten, von denen du mir erzähltest... Na rate einmal durch welches Gebiet die führen..."

"Durch diese Gebiete...?"

"Genau! Und zwar hier, hier und hier. Also entweder ist der Bürgermeister, Jonathan Malum, der damals die Schliessung dieser Routen veranlasst hatte, ein Fledermaus-Fan und möchte, dass die lieben Tiere nicht gestört werden, oder aber wir werden nicht ohne Grund verfolgt und hier ist etwas verdammt faul!"

"Dann haben wir also tatsächlich eine Spur?"

"Leider ja..."

"Wieso leider? Was meinst du?"

"Naja... Ganz ehrlich, ich weiss nicht wie wir mit diesen Informationen weiter machen sollen."

"Na wie wohl? Wir gehen dort hin und schauen uns um!"

"Aha... Und was machen wir mit unseren stillen Begleiter? Wenn wir dort hin fahren wissen die doch ganz genau, dass wir etwas herausgefunden haben und was denkst du, was die dann machen werden? Ich denke nicht, dass sie uns dann einfach nur zuschauen werden. Die warten bestimmt nicht, bis wir die ganze Wahrheit kennen. Wenn unsere Theorie nur in die Nähe des Schwarzen trifft, dann sind wir einem Mörder auf der Spur, der offensichtlich Hilfe hat. Und diese Hilfe ist äusserst effektiv. Die haben uns doch schon verfolgt, bevor wir überhaupt angefangen haben zu recherchieren. Das sind keine Anfänger in dem was sie tun, und wer weiss über welche Mittel sie verfügen, um Informationen zu erhalten, die sie gar nicht haben können."

Er lehnte sich zurück, schaute aus dem Fenster und nahm einen Schluck Kaffee. Noch ehe er ihn schlucken konnte fragte Sophie:

"Und was machen wir jetzt?"

Er schluckte und schaute weiter aus dem Fenster.

"Wir machen gar nichts."

"Nichts? Du willst nichts machen? Jetzt wo wir endlich eine Spur haben willst du nichts machen? Nein! Es ist mir scheiss egal was passiert, ich fahre dort hin! Ich will wissen warum mein Bruder tot ist und welches mächtige Arschloch dahinter steckt! Ich..."

"Sei still! Schrei hier nicht herum zum Teufel!"

Sie sahen sich an.

"Ich meine doch nicht, dass wir gar nichts machen. Ich will doch auch nicht aufgeben, aber wenn wir jetzt nicht Ruhe bewahren und nicht ganz genau überlegen was wir tun, dann werden wir gar nichts erreichen. Vielleicht würden wir die Stelle Finden wo dein Bruder begraben ist. Na und dann? Was dann? Sie würden uns vermutlich gleich daneben erschiessen! Scheisse!"

Die Kellnerin kam gerade vorbei. Sie räusperte sich und es war ihr sichtlich unangenehm, dass sie gerade jetzt gekommen war.

"Verzeihung, darf ich ihnen noch einen Kaffee...?"

Harsch fiel ihr Philius ins Wort: "Nein!". Dann atmete er mit schlechtem Gewissen aus.

"Verzeihung, wir haben gerade eine hitzige Diskussion. Bringen Sie mir doch bitte einen doppelten Espresso, ja?"

"Kein Problem, gerne. Für Sie auch etwas?"

"Dasselbe wie er.", sagte sie genervt. Sie sprachen kein Wort mehr miteinander. Philius trank den Kaffee aus, um für den Espresso bereit zu sein, welchen die Kellnerin kurz darauf brachte. Dann meinte Philius:

"Hör zu, wir trinken jetzt den Espresso, dann gehen wir zurück ins Hotel und besprechen in Ruhe, was wir tun können und was nicht. Wir geben nicht auf, wir machen weiter, okay?"

"Okay... Es tut mir Leid..."

"Schon gut. Trink deinen Espresso und lass mich eine Weile nachdenken..."

Sophie nahm einen Schluck vom Espresso, verzog das Gesicht und stellte ihn beiseite. Philius trank auch die stärkste und bitterste Brühe, ohne mit der Wimper zu zucken.

7. Kapitel: Fingierter Rückzug

Im Hotelzimmer angekommen sagte Philius völlig überraschend:

"Zieh dir Wanderschuhe an und Pack deinen Rucksack. Taschenlampe, vielleicht einen Pullover... Egal, pack einfach irgendetwas ein."

"Wieso? Bist du verrückt? Du willst doch in das Gebiet?"

"Sophie! Vertraust du mir?"

"Ja, das habe ich dir schon gesagt. Ich vertraue dir, aber..."

Er unterbrach sie:

"Dann vertrau mir auch jetzt. Tu was ich sage und stell bitte keine Fragen. Ich weiss jetzt was wir tun."

Sie hatte keine Ahnung was er beabsichtigte, aber sie vertraute ihm und deshalb fing sie an zu packen. Als sie fertig war nahm er sie sanft am Arm und schubste sie aus dem Hotelzimmer raus. Dann stiegen sie ins Auto und fuhren los.

"Hast du den Mercedes gesehen?"

"Nein."

"Er stand neben dem Hotel und wird uns folgen."

"Willst du ihn abhängen?"

"Nein, sie sollen uns folgen."

"Aber dann werden sie doch herausfinden wo wir hin gehen!"

"Ja, genau das sollen sie auch, dann werden sie nämlich herausfinden, dass wir nichts wissen."

"Wieso?"

"Ich versteh nicht."

"Ich erkläre es dir, aber erst fahren wir in den Wald."

Nach einiger Zeit fragte Sophie:

"Sag mal, weisst du wo du hin fährst?"

"Ehrlich gesagt nicht. Aber das spielt auch gar keine Rolle, solange es nicht das Gebiet ist, das wir später untersuchen wollen."

"Ach so, jetzt verstehe ich, du willst, dass sie glauben, wir wären auf der falschen Spur!"

"Genau das will ich, aber jetzt sei ruhig und warte ab."

Sie fuhren in ein abgelegenes Waldstück, wo Philius mitten im Dickicht anhielt.

"Hier steigen wir aus. Nimm deinen Rucksack und folge mir."

Sie stiegen aus, nahmen ihr Gepäck und Philius fing an in eiligen Schritten durch das Dickicht zu gehen. Sophie hatte Mühe ihm zu folgen. Manchmal fing er sogar an etwas zu joggen und sie musste sich richtig anstrengen, dass sie ihn nicht aus den Augen verlor. Sie stiegen einen Hügel hinauf und kurz bevor Sophie nicht mehr mithalten konnte hielt Philius an und winkte sie zu sich.

"Komm hier her Sophie!"

Sie tat was er sagte, in der Hoffnung, dass das alles irgendeinen Sinn ergab. Philius nahm das Tarnnetz aus dem Rucksack, das er gestern noch im Kofferraum hatte. Er legte es über Sophie und warf haufenweise Laub und einige Äste drauf. Dann kroch er selber unter das Tarnnetz. Aus seinem Rucksack zog er nun ein Fernglas, das er durch einen Büschel Farn hindurch zwang. Dann lag er einfach nur da und beobachtete. Nach kurzer Zeit flüsterte er Sophie zu:

"Wir werden jetzt hier warten und beobachten, sei einfach leise und beweg dich nicht. Ich werde dich informieren, wenn etwas passiert."

Sophie blieb nichts anderes übrig als, einmal mehr, zu tun was er sagte. Nach etwa zehn Minuten tauchte der schwarze Mercedes auf.

"Sie kommen!", flüsterte Philius, "Beweg dich nicht und sei leise!"

Die Beifahrertür ging auf und ein Mann mit einer schwarzen Lederjacke und blauen Jeans stieg aus, ging auf ihr Auto zu und schaute dabei in den Wald. Er war etwa 1,8 Meter gross, hatte dunkle Haare, dichte Augenbrauen und einen Bart, der seinen Mund umgab. Er ging zum Auto hin und langte mit der Hand unter den hinteren, linken Kotflügel. Dann langte er mit der anderen Hand in seine Jackentasche, zog irgendetwas heraus, legte es in die andere Hand und befestigte das kleine Etwas unter dem Kotflügel. Schliesslich stand er wieder auf, schaute sich noch

einmal um und stieg wieder in den schwarzen Mercedes, der sogleich wegfuhr. Philius legte den Feldste-
cher ab und erzählte Sophie was passiert ist.

"Dann haben die uns verwanzt?"

"Nein, das denke ich nicht. Vermutlich nicht im Auto,
aber wer weiss wo sonst. Das kleine Ding, das jetzt
an unserem Auto hängt ist ein GPS-Sender. Deshalb
konnten sie uns so leicht verfolgen."

"Aber wieso? Sie haben ihn doch eben erst montiert?"

"Nein, bevor wir abgefahren sind, habe ich den alten
Sender entfernt und in die Jackentasche genommen.
Etwa einen Kilometer von hier habe ich ihn aus dem
Fenster geworfen. Sie sollten glauben, dass er abge-
fallen ist, uns aber noch finden können."

"Du wusstest also von dem Sender und hast nichts
gesagt?"

"Ja, ich habe es gestern vermutet und nachgesehen
nachdem du ins Bett gegangen warst. Ich wollte dich
nicht noch mehr beunruhigen." "Und was ver-
schweigst du mir sonst noch?"

"Nichts was mit diesem Fall zu tun hat..."

"Wieso bist du so ein beschissener Geheimnistuer?
Das kotzt mich echt an! Vertraust du mir etwa nicht?"

"Das hat weniger mit Vertrauen zu tun, als mit... Ach
vergiss es... Du bist zu mir gekommen, weil du Hilfe
wolltest und ich helfe dir! Von Vertrauen war nie die
Rede!"

"Ha... Na dann... Dann... Ach weisst du was? Fick dich!"

"Ich soll mich ficken? Thss..."

Sie blieb sitzen, während er das Tarnnetz zusammenlegte und im Rucksack verstaute. Dann setzte er sich neben sie.

"Hör zu... Ich bin ein Geheimnistuer, das gebe ich zu, aber nicht wegen dir. Es hat etwas mit meiner Vergangenheit zu tun, die ich natürlich auch für mich behalte... Aber ich vertraue dir und es tut mir Leid, dass ich dir nichts vom Sender gesagt habe. Kommt nicht wieder vor."

Sie drehte sich zu ihm hin und sah ihm in die Augen.

"Also weisst du, in einem Satz zu sagen, dass man seine Geheimnisse nicht teilen kann und im nächsten, dass man dem anderen Vertraut, zeugt nicht gerade von einem tiefen Verständnis vom Wort 'Vertrauen'... Das wollte ich dir noch mitteilen bevor mich eines deiner Geheimnisse umbringt."

"Na dann... Dann bedanke ich mich für deine Ehrlichkeit... Vielleicht kannst du mir ja bei Gelegenheit zu einem etwas vertieften Verständnis verhelfen..."

"Ganz ehrlich? Ich finde, ich habe schon genug Probleme...! Sprechen wir erst einmal darüber, was wir mit dem Sender machen und wie wir weiter vorgehen wollen. In Ordnung?"

"In Ordnung! Das soll mir auch recht sein", sagte er und stand wieder auf."

"Um deine erste Frage zu beantworten: Wir lassen den Sender genau dort wo er ist. Wenn wir ihn wegnehmen, dann wissen die sofort bescheid, dass sie aufgeflogen sind. Was deine zweite Frage betrifft: Als nächstes werden wir durch diesen wunderschönen Wald spazieren, wo wir absolut gar nichts finden werden als die Freuden der Natur. Danach werden wir aus dem Hotel auschecken und wieder nach Hause gehen - auf unbestimmte Zeit. Genau so lange, bis es für die glaubhaft ist, dass wir aufgegeben haben. Siehst du, ich habe dir gerade meinen ganzen Plan mitgeteilt."

"Das soll ein Plan sein? Irgendwie fehlt mir da der Teil bei dem wir herausfinden was mit meinem Bruder passiert ist."

"Naja, ich gebe zu, der Plan ist noch nicht ganz ausgereift, aber der Anfang gefällt mir ganz gut."

"Sag einmal, schreibst du auch Komödien? Ich hoffe nicht, denn das würde kein Mensch lesen, glaube mir!"

"Ganz ruhig. Wir werden miteinander in Kontakt bleiben und einen Plan ausarbeiten, wie wir dort hin kommen, wo wir hin müssen, aber wir werden es so machen, dass niemand Verdacht schöpft, verstehst du? Wir wussten von Anfang an, dass wir vorsichtig sein müssen und jetzt wissen wir, dass wir verdammt vorsichtig sein müssen - und genau das werden wir sein! Übrigens schreibe ich keine Komödien..."

"Na Gott sei dank!"

"Ich bin aber nicht nur Horror- und Thriller-Autor... Ich schreibe auch Kinderbücher."

"Neeein... Du verarschst mich!"

"Nein, mache ich nicht. Ehrlich gesagt verkaufen sich meine Kinderbücher sogar besser als die Horrorgeschichten, das weiss nur niemand ausser mir und meinem Verleger. Das ist eine Frage vom Image, Marketing und solchen Dingen... Erfolg ist nur das Mass für die Fähigkeit, anderen Menschen glaubhaft zu machen, man sei besser als die Konkurrenz."

"Versuchst du etwa gerade..."

"Deine Ehrlichkeit zu würdigen? Ich versuche es. Nur ein kleines Bisschen. Wollen wir bei einem Spaziergang unser neues Vertrauensverhältnis noch etwas vertiefen?"

"Jetzt übertreibst du ein Wenig... Aber das Angebot nehme ich trotzdem gerne an."

8. Kapitel: Der philosophische Spaziergang

Sophie glaubte, dass sie Philius Vertrauen vielleicht doch gewonnen hatte und er wenigstens einige Krümel aus seinem Leben, und damit von sich, preisgeben würde. Sie wollte die Gunst der Stunde nicht ungenutzt verstreichen lassen, um heraus zu finden, mit wem sie überhaupt ein Zimmer teilte.

"Also, wie bist du so und was denkst du über die Welt?", fragte Sophie zu Beginn, in der naiven Hoffnung, Philius würde nun ganz frei seine Lebensgeschichte teilen.

"Also weisst du, normalerweise beginnt man eine solche Unterhaltung damit, dass man etwas über sich erzählt und erst dann das Gegenüber fragt, wie das bei ihm so ist. Man gibt, man erhält - verstehst du?"

"Ach so, du siehst Vertrauen als eine Art Börse; für diese Information erhältst du eine andere und so weiter...?"

"Nein, der Begriff Börse gefällt mir nicht, er ist zu sehr mit Geld und Währungen in Verbindung. Vertrauen dagegen kann man nicht kaufen, oder wenn, dann nur durch Zeit und Taten und nicht mit Worten. Aber du hast schon Recht, Informationen und Wissen haben auch keinen fest definierten Wert, genau wie Aktien. Sie können heute noch unwichtig sein und, drei Monate später, schon von Bedeutung. Die Leute, die in regelrechten Schaufenstern leben mit Facebook, Twitter und Co., sie geben alles gedankenlos ihren vermeintlichen Freunden preis, die sie vor zehn Jahren auf einer Party kennengelernt haben. Man weiss nie, ob diese Informationen plötzlich für jemanden wertvoll werden und dich in den Abgrund stürzen. Das Netz, Networking, Seilschaften... Das ist nicht Vertrauen, das ist Leichtsinn und Naivität. Seilschaften können helfen, aber sie sind auch immer gefährlich - auf einmal gehen alle miteinander den Berg hinunter. Manchmal denke ich, dass die Welt so vernetzt ist, dass sie sich irgendwann in ihrem eigenen Netz verfängt... Die Börse hat, wie alles, was mit Geld zu tun hat, auch nichts mit Vertrauen zu tun. Geld geht über Leichen, sagt man, aber das stimmt nicht - es sind immer die Menschen."

"Bist du ein heimlicher Kommunist?"

"Nein, du hast noch nicht verstanden was ich meine... Der Kommunismus ist gescheitert. Aber auch er ist nur wegen den Menschen gescheitert. Der Kommunismus hat versucht, eine interessante Philosophie umzusetzen, die aber der Natur des Menschen nicht gerecht wurde, und diejenigen, welche das ganze in die Hand nahmen, konnten dem Geruch von Macht nicht widerstehen, was wiederum bewirkte, dass sie auch dem Geld nicht widerstehen konnten, weshalb sie die Philosophie verrieten. Das waren keine Philosophen, sondern Verbrecher. Ich bin jedenfalls kein Kommunist, ganz im Gegenteil, ich bin ein ausgesprochener Individualist!"

"Meine Güte, enden alle Gespräche mit dir so philosophisch?"

"Jedes Gespräch sollte philosophisch sein, meinst du nicht? Sonst ist es ja nur eine Unterhaltung."

"Unterhaltung, Gespräch - ich sehe den Unterschied nicht. Es geht doch darum, dass man miteinander spricht und sich austauscht, egal wie man es nennt. Bei dir ist aber alles so ernst und durchdacht."

"Danke!"

"Das sollte kein Kompliment sein..."

"Ich weiss, aber ich nehme es trotzdem an!" Philius lächelte. "Weisst du, eine Unterhaltung dient eben der Unterhaltung, dem Wohlbefinden, dem Erfüllen von emotionalen Bedürfnissen. Ich gebe zu, oft dient sie auch nur der Erfüllung von gesellschaftlichen Konventionen, aber sie ist auf keinen Fall das Gleiche wie ein Gespräch. Ein Gespräch ist viel mehr ein Austauschen von Ideen und Sichtweisen, wobei es nicht darum geht, sein Gegenüber emotional zu verstehen, sondern inhaltlich - es ist eine intellektuelle Bereicherung. Bei einer Unterhaltung geht es meiner Ansicht nach mehr um das Verstehen des Gegenübers, das Verstehen der Person, und bei einem Gespräch geht es um das Verstehen der Gedanken des Gegenübers. Das ist so gar nicht das gleiche!"

"Und was ist das hier? Eine Unterhaltung oder ein Gespräch?"

"Ich denke, dass müssen wir beide für uns entscheiden. Was für den Einen eine Unterhaltung zu sein scheint, ist für den Anderen ein Gespräch und umgekehrt."

"Das ist mir zu hoch... Kommen wir doch zurück auf deine negative Einstellung der Menschheit gegenüber... Woher stammt die?"

"Ich weiss wirklich nicht, wie du darauf kommst, dass ich der Menschheit gegenüber negativ eingestellt wäre."

"Na, du hast doch gesagt, dass immer der Mensch das Problem ist, wegen Macht und Geld und so..."

"DER Mensch, nicht DIE Menschen. Es sind nie alle, aber einzelne reichen meist völlig... Ich glaube, dass in jedem Menschen eine dunkle Seite verborgen liegt. Manche halten sie unter Kontrolle, andere nicht. Auch ich lasse mich manchmal von meiner dunklen Seite leiten, aber ich habe sie immer unter Kontrolle."

"Uuuh... Eine duuunkle Seeite..." Sophie lachte. "Kein Wunder, dass du Horrorautor bist. Deine dunkle Seite muss ja tief schwarz sein... Hast du schlechte Erfahrungen gemacht?"

"Nicht die Erfahrungen sind es, die uns prägen - es sind unsere Entscheidungen. Jeder hat immer die Wahl, ungeachtet der Umstände. Auch du...!" Er blieb stehen, drehte sich zu Sophie hin und blickte ihr in die Augen. Dann sagte er mit eindringlichem Blick: "Du kannst in jeder Minute und jeder Sekunde eine Wahl treffen - es ist nicht zu spät!".

Sophie schaute ihn verwundert an, bevor sie entgegenhielt: "Ich werde das tun, was ich tun muss und tun will. Ich gebe nicht auf - jetzt nicht mehr!". Philius nickte, drehte sich zur Seite und ging weiter.

"Du hast mir vorhin vorgeworfen, die Gespräche mit mir sein so philosophisch. Das Wort 'Philosophie' wird meist mit 'Liebe zur Wahrheit' übersetzt, wusstest du das?"

"Nein, als Floristin hatte ich nie Philosophie, tut mir Leid."

"Philosophie ist nie Teil einer Ausbildung, sie ist Teil von einem selbst - oder eben auch nicht. Früher oder später kommt es im Leben eines Jeden zu Momenten, in denen er sich entscheiden muss - für die helle oder die dunkle Seite in ihm selbst. Die Entscheidung wird ihn in allen Fällen prägen. Sie wird zeigen, ob er ein Philosoph ist, oder vielleicht später noch einer werden wird, denn schlechte Entscheidungen holen uns immer wieder ein und zwingen uns, über sie nach zu denken. Das ist Philosophie! Es geht um Entscheidungen und Handlungen, nicht um äussere Umstände. Die Basis dafür, die richtige Entscheidung zu treffen, liegt im täglichen Nachdenken und dem Darüber-sprechen - in Gesprächen also und nicht in Unterhaltungen..."

Und nach eben diesen Worten, sprachen sie nicht mehr miteinander bis sie wieder beim Auto angekommen waren.

Plötzlich sagte Sophie: "Danke für das Gespräch!" und stieg ins Auto.

Philius antwortete leise: "Danke für die Unterhaltung..." und stieg ebenfalls ein. Und so fuhren sie beide im gleichen Fahrzeug, in die gleiche Richtung, aber sassen doch auf verschiedenen Plätzen.

9. Kapitel: Unheimlich heimlich

Drei Monate später. Sophie und Philius haben einen toten Briefkasten eingerichtet und sich gegenseitig schreibmaschinengeschriebene, verschlüsselte Nachrichten zukommen lassen. Jeden Morgen um genau halb neun verliess Philius das Haus und ging in den Wald, um zu joggen. An genau der gleichen Stelle, einem hohlen Baumstrunk machte er täglich seine Dehnübungen und deponierte eine Nachricht, eingehüllt in einem kleinen Plastiksäckchen. Eine Freundin von Sophie verliess exakt eine Viertel-stunde später ihr Haus, ging in denselben Wald, um mit ihrem Hund zu spazieren. Beim Baumstrunk an-gekommen, warf sie ihrem Hund einige Male sein Spielzeug und griff bei dieser Gelegenheit die Nach-richt ab. Am Nachmittag trafen sich Sophie und ihre Freundin für ihre gemeinsamen Jogastunden, in de-nen die Nachricht übermittelt wurde. Telefongesprä-che gab es einmal in der Woche über Münztelefone. Sophie benutzte eines in ihrer Stammkneipe und Phi-lius das in seiner. Es waren vermutlich die einzigen Kneipen im ganzen Land, die überhaupt noch über solche Telefone verfügten. Aber manchmal musste man eben auch Glück haben. Treffen waren tabu. Auf diese altmodische Weise hielten sie Kontakt und planten ihre Rückkehr ins Todes-Tal. Mindestens dachte das Sophie...

Philius war in seinem Arbeitszimmer und lernte eine Liste mit ausgewählten Telefonnummern auswendig. Eine Minute lang starrte er stur auf die Liste. Dann rieb er sich die Augen, drehte das Blatt um und schrieb alle Nummern und Namen auf ein leeres Blatt auf. Er wusste, dass sein Vorhaben nicht ungefährlich war und wollte sich auf jede erdenkliche Weise vorbereiten. Er wusste aber auch, dass die beste Vorbereitung unter Umständen nutzlos ist, wenn man erwartet wird... Er verliess sein Arbeitszimmer, nachdem er alle beschrieben Blätter in einem Teller verbrannt hatte. Er entsorgte die Asche in der Küche und begab sich in den Keller. Im Waschraum schob er eine Kiste beiseite, verrückte ein Gestell mit Wasch- und Reinigungsmittel, um an einen kleinen Tresor zu gelangen. Er öffnete ihn und nahm seine SIG-Sauer und ein volles Magazin heraus. Er legte beides auf den Boden. Ganz hinten im Tresor lag ein zusammengefaltetes Schulterholster, das er ebenfalls herausnahm und sich umlegte - es passte noch. Dann schob er das Magazin in die Pistole und die Pistole steckte er sich ins Holster. Es fühlte sich merkwürdig vertraut an. In seinem Kleiderschrank suchte er sich erst ein paar dunkle Hosen, dann zog er sich gute Schuhe an. Nachdem er sich seine schwarze Lederjacke angezogen hatte, ging er aus dem Haus in Richtung Kneipe. Dort bestellte er sich ein Bier, das er mit zum Telefon nahm.

"Mike? Ich bin's Philius. Alles klar bei dir...? Ja, es ist schon eine Weile her... Ja, ja, die Bücher verkaufen sich gut, die Leute fürchten sich gerne, aber nur zu Hause unter der Bettdecke... Hör zu, ich rufe dich nicht ohne Grund an und kann nicht lange reden. Ich verlasse meine Bettdecke und brauche vielleicht deine Hilfe. Kann ich auf dich zählen? Okay. Ich danke dir Mike! Du weisst noch wie es läuft? Ja, heute Nacht. Na gut, ich hoffe, dass wir uns nicht sehen müssen... Du weisst wie ich es meine. Mach's gut!"

Er trank einen Schluck Bier und wählte die nächste Nummer.

"Hey Tom. Ja, ich weiss, es ist schon spät. Hör zu, ich habe das Manuskript heute zur Post gebracht, du solltest es morgen erhalten. Es ist vielleicht nicht das, was du erwartest. Ich habe etwas Neues versucht. Lies es einfach, okay? Das neue Buch? Ja, deshalb rufe ich eigentlich an... Weisst du noch was ich dir das letzte Mal gesagt habe? Dass gute Geschichten gut recherchiert sein müssen und, dass das manchmal gefährlich sein kann? Ich will dich nicht beängstigen, aber ich bin da einer Sache auf der Spur, die sich zu etwas Grossem entwickeln könnte, aber sie ist auch gefährlich. Du kennst meine Vergangenheit und du hast mich zu dem gemacht, der ich heute bin. Dafür bin ich dir dankbar Tom! Nein, lass mich bitte ausreden... Bei meiner letzten Schreibblockade haben wir uns über einen Ghostwriter unterhalten. Wenn die Sache hier schief geht Tom, dann wirst du ein Packet mit Unterlagen erhalten. Mach ein Buch daraus und sorge dafür, dass es veröffentlicht wird. Das bist du mir schuldig! Tom... Tom! Sei jetzt einfach still, ich habe keine Zeit zum Diskutieren! Du kennst mich, ich bin einfach nur vorausschauend, das bedeutet nicht, dass es so laufen wird. Wenn es aber soweit kommt, dann wird dir mein Anwalt alles Weitere erklären. Und jetzt muss ich auflegen. Ich wünsche dir alles Gute Tom. Und vergiss nicht, was du mir schuldig bist! Mach's gut!"

Er legte auf, atmete einmal kurz durch und nahm einen langen Schluck von seinem Bier bevor er die nächste Nummer wählte.

"Hallo Juri, hier spricht Philius. Wenn du diese Nachricht morgen abhörst, dann bin ich an der Sache dran, von der ich dir erzählt habe. Ich habe Tom gesagt, dass du alles regeln wirst. Ich verlasse mich auf dich. Alles, was du sonst noch wissen musst folgt per Post. Danke für deinen Wagen! Mach's gut mein Freund!"

Er trank sein Bier leer, aber er bestellte sich an der Bar ein zweites, denn er hatte noch eine Nummer übrig und wusste noch nicht, ob er sie wählen würde. Er setzte sich erst einmal an die Bar und wartete auf sein Bier, das unter der geübten Hand des Barkeepers wie eine natürliche Notwendigkeit aus dem Zapfhahnen ins Glas sprudelte, wo sich die kleinen Gaskügelchen unter der neuen Freiheit gemeinsam an die Oberfläche wagten, um einen reinen, weissen Schaum zu bilden. Mit diesem Bild im Kopf, nahm er sein Bier entgegen und bezahlte es, denn alles hat seinen Preis, dachte er, als er die Rechnung beglich. Wenn er heute Abend etwas herausfinden würde, dann hatte das unbestritten auch seinen Preis, aber die Frage war, wie hoch der Preis sein würde und die noch viel wichtigere Frage war, wer die Rechnung am Ende beglich.

Er verzichtete auf das letzte Telefonat, trank stattdessen in Ruhe sein Bier und genoss die Ruhe, denn ausser ihm war noch fast niemand in der Bar. Bald würde es dunkel werden und mit der Dunkelheit kommen auch die Gäste. Dann allerdings wird er die Bar verlassen haben, denn die Dunkelheit war ein guter

Begleiter für sein Vorhaben. Sie versteckte sogar die dicken Regenwolken, die sich am Himmel auftürmten und sie verschleierte das kommende Gewitter. Aber Philius wusste, dass der Regen kommen würde - es war nur eine Frage der Zeit. Das war gut, denn der Regen verwischt unerwünschte Spuren.

Auf dem Weg nach Hause fielen bereits die ersten Tropfen. Als er die Haustüre öffnete drehte er sich noch einmal um und schaute in die Strasse. Er schloss die Tür hinter sich und begab sich ins Arbeitszimmer, wo er seine Schreibtischlampe anknipste und sie an eine Zeitschaltuhr hängte, welche den Strom um 22.00 Uhr abdrehte. Dann nahm er seine Tasche, die er bereit gelegt hatte und schlich sich durch den Garten aus dem Haus. Zwei Strassen weiter stand ein schwarzer Volvo auf den er zuging. Er nahm den Schlüssel auf dem Vorderrad, öffnete die Tür, legte die Tasche auf den Beifahrersitz und stieg ins Auto. Auf dem Armaturenbrett lag ein Zettel auf dem stand:

"Sei vorsichtig, ich will den Wagen wieder zurück - und zwar von dir! Liebe Grüsse, Juri".

Er legte den Zettel bei Seite, gab die Koordinaten im Navigationssystem ein und fuhr los.

Im Todestal angekommen, stellte er den Wagen ungefähr einen Kilometer und 500 Höhenmeter von seinem Zielgebiet ab. Er nahm seine Tasche und erklomm behutsam den finsteren Wald bis an den Rand des auf seiner Karte eingezeichneten Gebietes, in dem er etwas zu finden glaubte, von dem er noch immer nicht wusste, was es sein konnte. Er setzte das Nachtsichtgerät auf, das er mitgenommen hatte. Im Zickzack lief er Meter um Meter ab, hin und her. Kilometer für Kilometer - ohne Pause. Die Augen blickten auf den Boden, seine Ohren aber waren auf die ganze Umgebung gerichtet. Bei jedem Geräusch, das nicht von ihm kam und das er nicht einordnen konnte, hielt er den Atem an, spitzte seine Ohren und warf einen prüfenden 360-Grad-Blick in seine Umgebung. Zwei Stunden... Drei Stunden... Vier Stunden... Auch nach fünf Stunden hatte er noch immer nichts gefunden. Nun machten sich Müdigkeit, Nässe und Kälte langsam bemerkbar und er entschloss sich, eine wärmende Kaffeepause einzulegen. Er setzte sich neben einen Baum, in dessen Nähe sich ein Busch befand, der ihm Deckung gab. Deckung wovor, das wusste er selbst nicht, aber Deckung schien ihm wichtig. Aus seiner Tasche zog er eine tarnfarbene Thermokanne, deren Deckel zugleich als Tasse diente. Er goss sich grosszügig Kaffee ein und nahm vorsichtig einen ersten, kleinen Schluck. Er musste zu seiner Enttäuschung feststellen, dass der Kaffee seine wärmende Wirkung weitgehend eingebüsst hatte. Dennoch wollte er nicht auf das lauwarme, koffeinhaltige Gebräu verzichten und quälte sich Schluck für Schluck bis zum Boden der Tasse. Er wusste, die Nacht konnte noch lang sein und er musste nehmen, was er kriegen konnte. Erst jetzt bemerkte er, dass er noch immer das Nachtsichtgerät trug. Er zog es aus und rieb sich die Augen. "Noch zehn Minuten Pause!", sagte er sich selbst und schaute auf die schwach leuchtenden Zeiger der Uhr; 03.32 Uhr. Er lehnte sich an den Baum, verstaute die

Thermokanne und zwang sich, die Augen nicht zu schliessen, als er unverhofft ein metallisches Quietschen vernahm. Er schreckte innerlich auf. Langsam richtete er seinen Körper in die Senkrechte. Leise nahm er eine kniende Position ein. Vorsichtig zog er sein Nachtsichtgerät wieder an. Er hielt den Atem an, lauschte angestrengt und hörte etwas. "Zwischen 08.00 und 10.00 Uhr", bestimmte er gedanklich die Richtung, drehte den Kopf. Nun suchte er mit den Augen den vermuteten Bereich ab und entdeckte in etwa 150 Meter Entfernung einen Metalldeckel zwischen einem kleingewachsenen Strauch und einem scharfkantigen, teilweise überwachsenen Felsen. Sie erinnerte ihn an eine Luke auf einem Panzer. Nun kam ihm zugute, dass er sich noch vor wenigen Minuten bedeckt hielt. Der Busch neben dem Baum stand geradezu optimal. Philius legte sich unter ihn und wartete ab, was als nächstes passiert - und er musste nicht lange warten. Etwas kam aus dem Schacht. Etwas, das von Kopf bis Fuss in einem schwarzen Schutzanzug war.

"La ho, coh hon!", glaubte er ganz dumpf eines der Beiden Wesen sagen zu hören, dann kam ein zweites Wesen, das genau gleich angezogen war, aus dem Schacht empor. Man konnte aus dieser Distanz noch immer hören, wie die beiden Wesen atmeten. Bei jedem Atemzug, den sie machten, entstand ein Geräusch, das klang wie eine Beatmungsmaschine: "Tschüh... Tschoooh... Tschüh... Tschoooh...". Eines drehte sich in seine Richtung und Philius konnte mit seinem Nachtsichtgerät ein Gesicht erkennen, das aussah wie aus einem Science-Fiction-Roman. Jetzt zuckte er wirklich zusammen. Er musste sich zwingen ruhig zu bleiben, denn in diesem Moment wollte er seinen Augen nicht trauen und sein Verstand wollte ihm vormachen, dass er gerade etwas sah, dass nicht von dieser Erde zu sein schien. Die beiden Wesen hatten übergrosse Insekten-Köpfe mit riesigen Augen, wie man sie sonst nur von vergrösserten Abbildungen von Fliegen kennt. Und sie schienen eine Sprache zu sprechen, die er nicht verstand und noch nie gehört hatte. "Reiss dich zusammen!", zwang er sich selbst und seinen Verstand gedanklich, und versuchte weiterhin, sich nicht zu bewegen, leise zu sein und zu beobachten.

Da, auf einmal löste sich die Anspannung wieder, denn eines der beiden Wesen setzte seinen Insektenkopf ab, legte ihn auf den Boden und Philius konnte deutlich einen Mann erkennen. Das zweite Wesen tat es ihm gleich, während dessen der Andere dabei war, sich eine Zigarette anzuzünden, die er soeben aus der Innenseite seines Anzugs holte. Nun konnte man beide schon fast erkennen. An den Stimmen wurde deutlich, dass beides Männer waren. "Wir müssen leise sein...! Scheiss Regen... Und mach den Schacht zu.", sagte einer der beiden. Es quietschte erneut und der Deckel war zu. Jetzt erkannte Philius einer der beiden und ihm wurde klar, dass das dieselben Männer sein müssen, die Sophie und ihn damals verfolgt hatten. Er fragte sich, ob sie wohl gar nicht mehr unter Beobachtung waren, oder ob es noch mehr Leute gab, die diesen Job übernahmen. Die beiden rauchten weiter und flüsterten so leise, dass er nichts mehr verstehen konnte, obwohl er sich anstrengte. Regungslos bleib Philius, fast zehn Minuten, auf dem nassen, kalten Waldboden liegen, während die zwei Männer ihre Zigaretten rauchten. Die nässe drückte sich langsam durch seine Stoffhosen an die Beine und mit der Nässe kam auch die Kälte. Erst an den Beinen und dann stieg sie langsam weiter hinauf. Schliesslich zogen die Beiden ihre Insektenköpfe wieder an, öffneten die Luke und stiegen wieder hinunter. Als das Quietschen zu hören war wartete Philius noch eine Minute, dann erlaubte er sich endlich sich zu bewegen. Er zitterte am ganzen Körper. Nicht vor Angst, sondern vor Kälte. Die Müdigkeit und der ständige Regen liessen ihn schon lange frieren, aber bislang war er nur um die Jackenöffnung herum nass. Der nasskalte Waldboden, aber auch das regungslose Herumliegen, sorgten nun für Nässe und Kälte von allen Seiten her. Noch wusste er nicht, was hier vor sich ging, aber er wusste, dass er einen entscheidenden Schritt weiter gekommen war. Die Nacht hatte sich gelohnt. Er nahm sein GPS hervor und speicherte die Koordinaten. Dann machte er sich auf den Rückweg. Doch schon nach wenigen Metern blieb er wieder stehen. "Jetzt nach Hause gehen?", dachte er, "Jetzt, wo ich so kurz vor dem Ziel bin?". Er haderte mit sich selbst. Zwar wusste er, dass es taktisch klüger wäre nach Hause zu fahren und zu einem anderen Zeitpunkt wieder zu kommen. Eine innere, unvernünftige, ja, eine dunkle Kraft zog ihn aber wieder zurück, um endlich herauszufinden, was hier gespielt wurde. Und je länger sich das Karussell in seinem Kopf drehte, umso schneller wechselte das Helle zum Dunkeln und schliesslich nicht wieder zurück...

Plötzlich klingelte sein Telefon und riss ihn abrupt aus der sich drehenden Dunkelheit.

"Sophie? Es ist vier Uhr Morgens, was ist los?"

"Hallo Philius, es tut mir Leid, dass ich dich wecke. Mir müssen reden! Kann ich zu dir kommen?"

"Du weisst doch, dass sie uns beobachten. Wieso müssen wir gerade jetzt reden? Wieso rufst du mich auf dem Handy an?"

"Das möchte ich dir persönlich sagen - bitte!"

"Na gut... Vielleicht sollten wir wirklich reden... Aber nicht bei mir, wir treffen uns um sieben im Café. Du weisst doch noch welches?"

"Ja, ich weiss es noch! Okey, dann bis um sieben."

Sie legte auf und Philius setzte sich hin und zog seine Wanderschuhe aus. Dann nahm er ein Paar Turnschuhe aus der Tasche und zog sie an. Wenn er um sieben im Café sein sollte, musste er sich beeilen. Er wusste genau was er tat, denn seine Gedanken waren jetzt wieder hell und klar, die Nacht dagegen noch immer wunderbar dunkel...

10. Kapitel: Im hellen Café

Wie verabredet wartete Sophie im Café. Sie hatte bereits die grösste Tasse Kaffee bestellt, den sie hatten und einen Latte Macchiato für sich. Philius kam wenig später. Er hatte noch warm geduscht und sich trockene Kleidung anziehen können, bevor er auf direktem Weg ins Café ging. Seine Augen hatten deutlich erkennbare Ringe und man merkte ihm an, dass er eine lange Nacht hinter sich hatte. Er kniff die Augen zu als er hinein kam, denn das Licht war ihm zu grell. Als sie sich begrüssten, sagte Sophie:

"Du hast wohl auch nicht gerade gut geschlafen?".

"Naja, um ehrlich zu sein habe ich gar nicht geschlafen... Aber davon später. Was musst du so dringend mit mir besprechen?"

Er schaute sich erst um bevor er sich hinsetzte und, ohne sich zu bedanken, sogleich den ersten Schluck Kaffee trank. Er umklammerte mit beiden Händen die übergrosse Tasse, während er gespannt auf Sophies Antwort wartete.

"Du hast mir doch erklärt, dass bei Ermittlungen immer die besonderen Dinge interessant sind?"

"Du hast mir also zugehört? Das ist gut. Hast du etwas Besonderes herausgefunden?"

"Ich weiss, du hast gesagt, dass ich mich ruhig verhalten soll und das habe ich auch gemacht, aber letzte Woche hielt ich das Abwarten nicht mehr aus!"

"Ist schon gut... Erzähl weiter!"

"Also... Ich habe mich plötzlich gefragt, was wohl mit dem vorherigen Bürgermeister geschehen ist und habe herausgefunden, dass er Frührentner wurde und zuletzt in einem Altersheim lebte, wo er letztes Jahr starb. Ich rief also in diesem Altersheim an, um etwas über ihn herauszufinden, Angehörige, die vielleicht etwas wissen. Aber sie meinten, sie dürften solche Angaben nicht weitergeben. Nach mehrmaligem Nachhacken holten sie aber eine Betreuerin ans Telefon, die mir etwas 'Besonderes' erzählte. Sie sagte mir nämlich, dass sich der alte Bürgermeister während den letzten Jahren wie verrückt für Geschichte interessierte. Insbesondere für den...", sie unterbrach kurz, um in ihre Notizen zu sehen. "Den Bergier-Bericht. Dabei geht es um eine geschichtliche Untersuchung der Beziehungen zwischen der Schweiz und dem dritten Reich während des Zweiten Weltkrieges. Der Untersuchungsleiter war dieser Bergier. Jedenfalls soll der Bericht Dinge ans Licht gebracht haben, welche die Schweizer Regierung lange verheimlichte. So soll die Schweiz in dieser Zeit Handel mit dem Dritten Reich betrieben und Judengold als Bezahlung entgegen genommen haben. Da steht noch eine ganze Meng mehr drin, aber sie meinte, er habe sich vor allem für diesen Goldhandel interessiert und auch andere Quellen angezapft. Und jetzt kommt es: Sie hat gesagt, er habe nach Hinweisen für einen solchen Goldhandel in seinem Heimatdorf gesucht. Er meinte, so sagte die Pflegerin, dass er mit dem richtigen Beweis den amtierenden Bürgermeister ins Gefängnis bringen könnte. Ich habe keine Ahnung was das bedeutet und bezweifle, dass das einen Sinn ergibt, aber es ist mehr als 'besonders'!". Philius, der, sich an die Tasse klammernd, aufmerksam zugehört hatte, nahm jetzt erneut einen Schluck.

"Das ist in der Tat seltsam.", sagte er, während er die Tasse wieder hinstellte.

"Aber es zeigt uns auch, dass der alte Bürgermeister wohl nicht der Ansicht war, dass er zu Recht aus seinem Amt gedrängt wurde. Das wiederum führt doch unweigerlich zur Vermutung, dass er versucht hat seinen Namen wieder rein zu waschen. Ich will gar nicht weiter spekulieren und mich fragen, ob er auf natürliche Weise starb, oder ob nachgeholfen wurde... Und wieder landen wir bei diesem Jonathan Malum, dem Bürgermeister, ohne auch nur den geringsten Beweis zu haben."

Er sah aus dem Fenster und schien etwas zu überlegen, als er plötzlich seine Stirn anfing zu runzeln.

"Steht in diesem Bericht irgendetwas drin, wie dieses Gold in die Schweiz kam, oder wo es gelagert wurde? Vielleicht etwas von Bunkern?"

"Das weiss ich nicht, ich habe nicht alles gelesen. Ich dachte, dass er im Alter vielleicht etwas senil geworden ist und habe in die ganze Goldgeschichte nicht viel hineininterpretiert... Wieso fragst du?"

Philius kam nicht darum herum und erzählte ihr, warum er nicht geschlafen hatte, von seiner seltsamen Begegnung und der Entdeckung, die er im Wald gemacht hatte.

"Ich kann es nicht fassen! Du hast mich die ganze Zeit angelogen!", sagte Sophie viel zu laut, nachdem sie ihm geduldig und neugierig zugehört hatte.

"Das ist also deine Vorstellung von Vertrauen?!"

"Hör zu", entgegnete Philius, "du brauchst hier nicht herum zu brüllen! Ich wollte dich erst anrufen, aber dann habe ich mich dagegen entschieden. Vertrauen bedeutet manchmal auch, dass man den anderen nicht in Gefahr bringt. Wir hatten ja keine Ahnung, was da wirklich ist und wir wissen es immer noch nicht!"

"Ach, und warum darfst du dich in Gefahr begeben und ich nicht?"

"Weil ich... Weil ich mehr Ermittlungserfahrungen habe als du! Ausserdem teile ich meine Informationen ja jetzt, oder etwa nicht? Also beruhig dich und trink deinen Latte! Schliesslich hast du dich auch nicht an die Abmachung gehalten und wer weiss, wer uns in dieser Minute schon wieder auskundschaftet...!"

Sie schwiegen beide und drehten sich zum Fenster. Es blieb eine Weile ruhig und sie versuchten sich wieder zu beruhigen.

"Es ist alles so verdammt weit her geholt", sagte Philius, "aber wenn wir alles zusammenfassen, was wir bisher wissen, dann klingt die Geschichte für mich in etwa so: Der neue Bürgermeister stösst, wie auch immer, in diesem Waldstück auf einen Bunker. Der muss dort schon gewesen sein, denn neben einer Wanderroute den Bau eines Bunkers geheim zu halten ist so gut wie unmöglich. Er findet ihn also und kundschaftet ihn aus. Dabei entdeckt er vielleicht eine Ladung Gold, die dort noch immer gelagert war. Das Todestal liegt schliesslich nicht weit von der

Grenze. Er denkt sich, dass er jetzt stein reich wird, aber irgendetwas läuft gegen ihn, so dass er mehrere Leute beseitigen muss, darunter vielleicht auch dein Bruder. Aber wenn er das Gold, oder auch nur einen Teil davon, irgendwie verkaufen konnte, dann hatte er jetzt die Mittel, um die nötigen Leute zu engagieren. Dann hat er durch Machenschaften und Bestechung die Geschichte so gedreht, dass alle glaubten, der alte Bürgermeister sei unfähig und liess sich selbst zum Bürgermeister wählen. Das war ein geschickter Schachzug, denn als Bürgermeister hat er noch mehr Einfluss. Er schliesst die Wanderrouten unter dem Vorwand eines geheimen Berichts, so dass der Bunker von anderen unentdeckt bleibt. Vermutlich hat er später das Land, auf dem der Bunker steht, so günstig von der Gemeinde kaufen können. Also hat er mehrere Ziele auf einmal erreicht. Was sagst du dazu?"

"Ich weiss nicht, das klingt ja wirklich sehr weit her geholt. Das würde ja bedeuten, dass der Bunker einfach so vergessen ging, aber warum? Und noch etwas finde ich komisch: Wieso haben die beiden Männer, die du gestern beobachtet hast, Schutzanzüge mit Helm getragen, wenn dort unten Gold lagert? Das ergibt doch keinen Sinn...!"

"Ja, da hast du allerdings Recht, da fehlt noch etwas in dieser Geschichte...", er drehte sich wieder zum Fenster und trank seinen Kaffee.

Es gab nur eine Möglichkeit heraus zu finden was wirklich vor sich ging. Alles was sie bisher herausgefunden hatten, oder besser gesagt, herausgefunden zu haben glaubten, war nichts weiter als eine Geschichte, die aus Indizien zusammengesetzt war, aber auf keinem einzigen Beweis basierte. Sie hatten nichts. Philius wusste das und Sophie auch. Und sie wussten beide, dass die Beweise in diesem Bunker waren. Sie wussten zwar jetzt, wo dieser Bunker sich befand und sogar, wo ein möglicher Eingang war, aber diese Schutzanzüge trugen die beiden Männer sicher nicht zum Spass. Es musste gefährlich sein, ohne einen solchen Anzug dort hinab zu steigen. Wovor genau sollte der Anzug schützen? Radioaktiv verstrahltes Irgendwas? Giftgas? Pilzsporen? Nanopartikel? Asbest? Es konnte alles sein. Wie sollte man sich so vorbereiten? Und irgendwie hatte die Geschichte Löcher, es ging einfach nicht ganz auf. Die einzige Möglichkeit Klarheit zu bekommen und endlich einen Beweis in den Händen zu halte war, sich Zutritt zu diesem Bunker zu verschaffen und Fotos zu machen, mit denen man zur Polizei konnte. Aber nicht zur örtlichen Polizei, der konnte man auch nicht trauen. Philius drehte sich wieder zu Sophie und das bedeutete, dass er wusste, was sie als nächstes tun würden.

"Wir machen folgendes: Wir gehen noch heute Nacht zu diesem Bunker, brechen ein und machen Fotos - wovon auch immer. Dann werten wir die Fotos aus und gehen zur Polizei, sofern darauf etwas zu sehen ist, was die Polizei interessieren könnte."

"Aber was ist, wenn dort unten etwas Giftiges ist? Und was hat das alles mit meinem Bruder zu tun?"

"Wir müssen uns gut vorbereiten, aber das machen wir nachher. Was deinen Bruder angeht; ich weiss nicht, was das mit ihm zu tun hat. Aber wenn wir diese Sache ins Rollen bringen, dann wird die Polizei die Fälle wieder aufnehmen und hoffentlich aufklären. Das ist dann nicht mehr unsere Sache."

"Okay, wir machen es so wie du sagst. Wie geht es jetzt weiter?"

"Die Sonne geht etwa um 20.00 Uhr unter, wir haben jetzt fast acht Uhr, das bedeutet, wir haben noch 12 Stunden Zeit, um uns vorzubereiten und das machen wir am besten von mir zu Hause aus." "Aber du wolltest doch nicht..."

"Ich weiss, aber das Ganze entwickelt sich gerade in eine Richtung, welche die Karten neu mischt. Wenn sie uns beobachten, dann sind sie sowieso schon an uns dran, dann können sie auch vor meinem Haus parkieren - ich weiss schon was ich tue. Du sagst doch, dass du mir vertraust, oder?"

"Ja, ich vertraue dir."

"Das ist gut, denn jetzt wirst du das bekommen, was du wolltest - meine Vergangenheit. Du wolltest doch immer etwas mehr von mir erfahren. Der Zeitpunkt ist gekommen und du wirst feststellen, dass ich nicht gerade der typische Schriftsteller bin, also mach dich auf etwas gefasst...! So, wenn du dann so weit bist? Wir haben viel zu tun. Komm..."

Sophie hatte keine Ahnung, was das alles zu bedeuten hatte. "Mach dich auf etwas gefasst...", was meinte Philius damit? Sie war etwas überfordert mit der Situation und wie immer, wenn sie überfordert war, vertraute sie auf ihr Gefühl. Bei Philius hatte sie immer ein gutes Gefühl, und deshalb tat sie was er sagte und ging mit ihm mit. Ausserdem verlangten es die Umstände, dass sie mitspielen musste...

11. Kapitel: Die Besenkammer

Philius schloss die Tür auf, bat Sophie mit einer Handbewegung hinein, schloss die Tür und ging wortlos in den Keller. Sophie folgte ihm bis in den Waschraum. Dort schob Philius ein Gestell zur Seite, hinter dem ein Tresor zum Vorschein kam. Er öffnete ihn und griff mit der Hand an die decke des Tresors, wo er eine Fernbedienung hervor nahm.

"Sophie, egal was du jetzt gleich denken wirst, warte meine Erklärung ab. Hab keine Angst und vertrau mir, okay?"

Mit unsicherer Stimme sagte Sophie: "Okay...".

Er drückte auf die Fernbedienung und die Wand entpuppte sich als Schiebetür, die sich nun langsam öffnete. Sophie sah einen Computer, eine Pinnwand, einige technische Geräte, die sie nicht kannte und einen Schreibtisch. Es war ein geräumiges Büro zu erkennen. Als die Schiebetür ganz geöffnet war traten sie hinein und Sophie erkannte, dass in diesem Büro auch noch weitere Türen waren. Eine Tür war mit WC angeschrieben, die andere hatte keine Beschriftung. Philius schloss die Schiebetür wieder und drückte auf einige Schalter. Dann war der Raum hell beleuchtet.

"Das ist künstliches Tageslicht", sagte er.

"Okay...", sagte Sophie, denn noch wusste sie nicht was sie sonst sagen sollte.

"Also", begann Philius, " das ist meine Vergangenheit. Ich nehme an, dass du nicht verstehst warum ich einen verborgenen Arbeitsbereich habe und was das mit meiner Vergangenheit zu tun hat, deshalb werde ich versuchen dir das in Kürze so gut zu erklären wie ich kann."

Er setzte sich schräg auf den Schreibtisch und deutete mit seiner Hand auf den Stuhl, der vor ihm stand. Sophie setzte sich.

"Dass ich heute ein erfolgreicher Schriftsteller bin ist eigentlich mehr eine glückliche Fügung des Schicksals. Ich war lange bei der Militärpolizei, bevor ich Agent bei einer geheimen Organisation wurde, von der ich dir leider nichts erzählen darf. Jetzt weisst du, warum ich so verschlossen bin - ich bin, oder viel mehr war, ein Geheimagent. Deshalb ist alles, was ich dir jetzt erzähle auch streng vertraulich und ich kann dir auch nicht alles erzählen. Da ich aber nicht mehr für die geheime Organisation arbeite, mindestens offiziell nicht, habe ich auch etwas mehr Freiraum. Mein Dasein als Schriftsteller war ursprünglich eine Tarnidentität und meine Bücher schafften es nur in die Verlage, weil man dafür sorgte, dass sie veröffentlicht wurden. Ich habe sie zwar selbst geschrieben, aber besonders gut waren sie nicht. Niemand konnte ahnen, dass ich besser werden und sogar Gefallen daran finden würde - so sehr, dass ich plötzlich auf der Bestseller-Liste landete. Was für mich ein Erfolg war, das war für mein Agenten-Leben nicht gerade optimal. Es ist schwieriger sich bedeckt zu halten, wenn man bekannt ist. Ich musste mich entscheiden, wie ich mein Leben weiter führen wollte, aber die Entscheidung fiel mir leicht. Ich hatte genug von Geheimaufträgen, Spionage und ich hatte genug davon, dass ich andere Leute beruflich anlügen und hintergehen musste. Ich stieg aus und wurde zum Schriftsteller, der ich heute bin. Man hat mir allerdings die Auflage erteilt, dass ich keine Spionageromane schreiben darf - zu viel Insider-Wissen nehme ich an. Wie auch immer, dieser Raum ist noch ein Überbleibsel aus dieser Zeit. Du darfst mir jetzt noch Fragen stellen, wenn du willst, aber ich kann dir nicht versprechen, dass ich sie beantworten werde. Möchtest du noch etwas wissen?"

Sophie brauchte einen Moment, bis sie endlich etwas sagte.

"Du bist also ein ehemaliger Spion, so wie James Bond, oder wie muss ich mir das vorstellen?"

"Naja, wie James Bond nun nicht gerade. Ich habe keine Lizenz zu töten oder so. Ich war eher der Papierspion, wenn man so will. Akten und Dokumente von einer gewissen Brisanz habe ich ausfindig gemacht und der richtigen Mannschaft zugespielt. Informationsbeschaffung durch Beschattung und Beobachtung. In die Richtung eher... Selten kam es vor, dass ich etwas Gefährlicheres machen musste, aber es gab keine wilden Schiessereien, Explosionen oder ähnliches."

"Okay, also nicht James Bond."

"Nein, nicht James Bond."

"Aber du hattest eine Pistole?"

"Ja, zu meinem Schutz. Ich musste sie nicht oft einsetzen."

Er zog seine Jacke aus und Sophie konnte das Schulter-Holster sehen, in dem seine Pistole verstaut war.

Sophies Augen wurden grösser. Auch die anderen Pistolen und Gewehre im Raum waren ihr nicht entgangen.

"Nicht oft? Also hast du schon einmal jemanden erschossen...?"

"Nein, nur damit gedroht und Warnschüsse abgegeben. Einmal schoss ich jemandem ins Bein."

"Ins Bein...? Aha... Und das hier ist so eine Art Kommandozentrale?"

"So eine Art, ja. Es ist mein verdecktes Büro, in dem ich arbeitete, wenn ich keine Bücher schrieb. Nebenan hat es eine Toilette mit Dusche und dort hinten ist ein Schlafzimmer, das ich aber nie benutzt habe. Hinter diesem Bücherregal befindet sich ein Notausgang, der in den Garten führt. So bin ich gestern Abend aus dem Haus geschlichen. Das Telefon hier hat eine eigene Leitung, von der nur die Telefongesellschaft weiss. Der Computer hat einen verschlüsselten Zugang zum Internet. Das System ist so kompliziert, dass ich dir nicht genau erklären kann, wie es funktioniert. Jedenfalls hatte ich früher Zugriff auf so ziemlich alle Polizeidaten. Wenn ich heute etwas wissen will, dann muss ich das mit einem befreundeten Agenten besprechen, der alles in die Wege leitet. Der kann mir einen befristeten Zugang verschaffen, wenn ich einen geeigneten Vorwand dafür habe."

"Das gibt's doch alles gar nicht... Ich kann es nicht fassen..."

"Was?"

"Dass du ein Geheimnisträger bist, dass war mir schnell klar, aber dass es so etwas ist hätte ich nie gedacht!"

"Ich danke dir, dann habe ich meine Sache gut gemacht. Wenn es die Umstände nicht erfordern würden, dann hätte ich dir auch nie davon erzählt. Jetzt wo du Bescheid weisst, wird man mir die Kommandozentrale, wie du sie nennst, nämlich wegnehmen."

"Wegnehmen?"

"Ja, sie ist nur so lange sicher, wie ich sie geheim halten kann und das ist mit dem heutigen Tag vorbei. Normalerweise hätte ich sie schon vor Jahren zurückbauen müssen, aber da ich hie und da noch für kleinere Aufgaben eingesetzt wurde, konnte ich sie noch behalten."

"Irgendwie habe ich nun doch das Gefühl, dass ich mit James Bond im Ruhestand spreche..."

"Also, wenn du keine Fragen mehr hast, dann sollten wir langsam an die Arbeit gehen.", sagte Philius und startete den Computer, reichte Sophie Papier und Bleistift und begann zu sprechen:

"Wir brauchen einen Tarnanzug für mich und für dich, je eine Pistole oder einen Revolver mit Holster, zwei Schutzanzüge mit Schutzmasken, eine Sprecheinrichtung über Funk,..." und er führte die Aufzählung weiter, während Sophie alles Notierte - ohne auch nur eine Frage zu stellen. Als er fertig war sagte er:

"Was wir aber am dringendsten brauchen ist ein guter Plan".

Und so fingen sie an sich vorzubereiten...

12. Kapitel: Die bittere Wahrheit

"Sie sind also der berühmte Philius Solum?", fragte Egor Malum, der offensichtlich steinreiche Verursacher allen Übels, während Philius und Sophie mit Kabelbindern an die Stühle gefesselt waren. Philius sagte nichts.

"Wer hätte das gedacht, dass ich Sie einmal unter diesen Umständen treffen würde?"

Er machte ein ernstes Gesicht, das aber von Genugtuung zeugte. Aus seiner Zigarrenkiste holte er eine kubanische Zigarre heraus, schnitt das Ende ab und steckte sie mit einem Streichholz an. Dann wendete er sich wieder Philius zu.

"Wissen Sie, ich habe dieses Treffen nicht gewollt, obwohl ich ein heimlicher Fan ihrer Bücher bin. Ich hätte Sie aber lieber auf einer Buchmesse angetroffen. Aber das hier, das haben Sie sich selbst zu zuschreiben. Sie wären lieber an Ihrem Schreibtisch geblieben - wer weiss, welche geschickt verzwickte Geschichte sie sich in dieser Zeit hätten ausdenken können? Wie dem auch sei, jetzt sind Sie ja hier und meine Leute werden Sie auch in Schach halten, ohne dass sie gefesselt sind, meinen Sie nicht auch? Es erscheint mir nicht besonders kultiviert eine Unterhaltung so zu beginnen. Na los, schneiden sie ihn los!"

Er ging zu seiner Bar und goss sich ein Glas Cognac ein, während ein Riese von einem Mann die Kabelbinder durchschnitt. Erst die von Philius, dann die von Sophie.

"Darf ich Ihnen auch etwas anbieten?"

"Ich nehme dasselbe wie Sie", sagte Philius, "dann weiss ich, dass Sie mich nicht vergiften..."

"Sie sind ein kluger und vorsichtiger Mann, aber offensichtlich nicht vorsichtig genug. Keine Angst, ich vergifte Sie schon nicht. Möchten Sie Ihre Aussage noch revidieren?"

"Ja, in diesem Fall nehme ich trotzdem einen Cognac, weil Sie offenkundig ein Kenner sind. In Bezug auf den Schnaps werde ich Ihnen vertrauen."

"Und das können Sie auch mein Lieber! Ich wiederhole mich ungern, aber Sie sind wirklich ein kluger Mann Herr Solum, das muss man Ihnen lassen."

Er überreichte Ihm den bestellten Cognac und setzte sich hinter seinen übergrossen Schreibtisch.

"Aber nicht klug genug, wie es scheint..."

"Ach, sein Sie nicht so hart zu sich selbst. Sie haben doch herausgefunden was Sie wollten, oder etwa nicht?"

"Naja, das beste Manuskript ist nahezu wertlos, wenn es nicht veröffentlicht wird."

"Ach ja, wenn Sie gerade von Manuskript sprechen... In dieser Geschichte fehlen mir noch einige Seiten und als Bewunderer von Ihren Geschichten würde ich doch das Manuskript, wenn Sie so wollen, gerne zu Ende lesen. Das wäre dann gewissermassen Ihre Veröffentlichung in einem zugegebenermassen eher engen Kreis."

Philius nahm einen kräftigen Schluck Cognac.

"Na dann will ich mal kein schlechter Verlierer sein und Ihre Neugierde befriedigen. Welche Stellen fehlen Ihnen denn?"

"Also...", fing Malum an und wurde sogleich unterbrochen.

"Verzeihung, wenn ich Sie schon unterbreche... Ich habe nicht daran gedacht, dass ich vielleicht besser noch die Katze aus dem Sack lasse, damit sie etwas freier erzählen können... Sophie, oder wie auch immer du heisst... Du kannst jetzt aufstehen und zu Herr Malum hinüber treten - ich denke diese Seite ist die Richtige für dich. Schliesslich hast du deine Entscheidung offensichtlich getroffen..."

Sophie: Was? Seit wann weist du...?

Malum lachte und lehnte sich nach vorne.

Malum: Diese Geschichte ist jetzt schon spannender als ich das erwartet hätte.

Philus: Ach, da gab es so einige Hinweise. Erste Zweifel hatte ich, als wir in deiner Wohnung waren. Ich meine, wer hält so penible Ordnung, aber verstaut Kleidungsstücke, die man oft benutzt, im obersten Regal? Dann noch so hoch, dass du gar nicht ran gekommen bist... Ausserdem war alles sehr sauber. Als ich dir aber den Stuhl gebracht habe, bist du auf die teuren Sitzkissen gestanden - mit den Schuhen. Es waren auch keine persönlichen Bilder oder Fotos zu finden, obwohl du behauptet hast, dass du deinen Bruder geliebt hättest. Das passte nicht zusammen. Ich nehme an, dass die Wohnung nicht von dir und recht spontan eingerichtet wurde...

Sophie: Das war's? Deshalb hast du mir nicht geglaubt? Das glaube ich nicht!

Philius: Wohnungspsychologie. Aber das war ja nicht alles. Du hast dich als Floristin ausgegeben, wusstest aber nicht, wann die Akelei Saison hat. Die Akelei blüht nämlich im Mai oder Juni und nicht Ende September.

Ausserdem hast du wenig Engagement und Intelligenz in diesem Fall gezeigt. Dein Bruder war Gymnasiast und du nur Floristin? Wenn mein Bruder verschwunden wäre, dann wäre ich längst auf die Idee mit der Karte gekommen. Seltsam, dass dir das nicht in den Sinn gekommen ist. Der einzige Hinweis, der von dir kam, war der über den alten Bürgermeister.

Der schlagende Beweis, lieferte mir aber, unser Aufenthalt im Dorf. Wie gross ist die Wahrscheinlichkeit, dass man sich zwei Tage in einem 700-Seelen-Dorf aufhalten kann, in dem man aufgewachsen ist, ohne dass man erkannt wird, oder jemanden erkennt? Man dürfte doch erwarten, dass dich irgendjemand kennt, sogar nach zwanzig Jahren. Nicht einmal Fredi hast du gekannt. Auch von deinen Eltern hast du nicht gesprochen. Ich dachte, die würden vielleicht noch im Dorf leben, aber du hast sie einfach nicht erwähnt... Ich habe nicht nachgehakt, weil ich dich nicht auffliegen lassen wollte.

Sophie: Na, wenn du so oberschlau warst, wieso bist du denn jetzt hier und, warum hast du mich nicht auffliegen lassen?

Philius: Weil ich noch nicht wusste, wie das alles zusammenhängt. Und wenn ich dich hätte auffliegen lassen, dann wären die weiteren Recherchen sicher anders verlaufen. Vielleicht hätte ich es nicht einmal hier hin geschafft.

Malum: Das ist ja grossartig! Eine wahre Meisterleistung. Meine Güte, Sie sind ja auch im echten Leben ein richtiger Detektiv!

Sehen Sie, ich habe Ihnen doch ausrichten lassen, dass wir Herr Solum nicht unterschätzen dürfen!

Sophie: Ja, aber Sie haben kein Wort darüber verloren, dass er ein ehemaliger Spion ist!

Malum: Ein Spion? Nein! Hoho... Noch eine unerwartete Wendung! Ich muss schon sagen, sie verstehen es, eine Geschichte mit Spannung aufzuladen! Erzählen Sie weiter...

Philius: Naja... Da muss ich Sie leider enttäuschen. Ich bin kein Spion und ich war auch nie einer.

Sophie: Glaube Sie ihm nichts! Er hat Waffen zu Hause und eine geheime Kommandozentrale, die er mir gezeigt hat. Sie ist in einem verborgenen Raum hinter einem Gestell im Waschraum. Er lügt Sie an. Er führt noch immer etwas im Schilde!

Malum: Eine Kommandozentrale?

Philius: Meine Besenkammer... Ich habe das Haus von einem Millionär abgekauft, der einen Panikraum eingerichtet hatte. Ich benutzte ihn noch bis letzte Woche als Kellerabteil. Da Sophie aber einen Revolver hatte, konnte ich schlecht einschätzen, wie gefährlich sie war. Also habe ich mich dazu entschlossen, ihr ein wenig Respekt einzuflössen, damit sie nicht auf blöde Gedanken kommt. Nur ein wenig, wirklich Angst muss man ja vor einer Vegetarierin nicht haben... Ich habe den Schreibtisch aus meinem Arbeitszimmer nach unten geräumt und auch den Computer dort installiert. Damit es etwas nach High-Tech aussieht, habe ich noch die Stereoanlage mit dem Computer gekoppelt und einige blinde Kabel angebracht. Alles nur Show. Und weil ich seit über zehn Jahren im örtlichen Schützenverein bin, habe ich auch mehrere Pistolen und Gewehre. Die habe ich natürlich ebenfalls nach unten verfrachtet. Sicherheitshalber habe ich aber die Zündstifte entfernt - man weiss ja nie...

Denk einmal nach, kam dir der Schreibtisch nicht irgendwie bekannt vor? Ich kann dir sagen, es war eine Schufterei den nach unten zu befördern. Mein Arbeitszimmer sieht nun ziemlich kahl aus, aber das kannst du nicht wissen, denn ich habe dafür gesorgt, dass es keinen Grund gab nach oben zu gehen.

Sophie: Ich gratuliere dir... Du hast mich verarscht, das gelingt nicht vielen Leuten. Aber der Spass ist nun zu Ende!

Malum: Nein, noch nicht! Hören Sie nicht auf Sie, Sie sind Gast in meinem Haus. Bitte, erzählen Sie weiter! Mich haben Sie ja auch hinters Licht geführt, aber ich amüsiere mich prächtig!

Philius: Ich mache Ihnen einen Vorschlag: Ich erzähle weiter, wenn Sie mir erklären, warum Sie überhaupt eine falsche Sophie auf mich ansetzten. Das ist nämlich der Teil des Manuskripts, der bei mir noch holpert.

Malum: Einverstanden! Schliesslich bin ich ja sozusagen Mitautor dieser Geschichte. Die Antwort auf Ihre Frage ist ganz einfach. Nicht nur Sie, sondern auch ich bin ein guter Menschenkenner und Beobachter. Sie haben insgesamt 20 Bücher veröffentlicht, wovon einige Thriller, einige Horrorgeschichten und einige wenige Kriminalromane sind. Was Genreübergreifend auffällt ist, dass Sie zum einen eine Vorliebe für Geschichten haben, die auf einer wahren Begebenheit beruhen, und zum anderen, dass fünf von diesen 20 Büchern von entführten oder vermissten Personen handeln. Ihre Vorlieben sind offensichtlich und Sie sind bekannt dafür, gründlich für Ihre Bücher zu recherchieren. Darüber hinaus ist mir zu Ohren gekommen, dass Sie für Ihre Verhältnisse überdurchschnittlich lange an Ihrem neuen Buch arbeiten, so dass ich davon ausgehen musste, dass Sie unter einer Schreibblockade leiden. Wie gelegen würde Ihnen da wohl eine solche Geschichte kommen? Sie haben eine Nase für faule Eier und ich habe Ihre Nase daran hindern wollen, dass sie die Fährte aufnimmt. Deshalb war der ursprüngliche Plan der, das Paket mit Hilfe der falschen Sophie abzuholen und noch einige Wochen sicher zu stellen, dass Sie nicht Witterung aufnehmen. Dass die echte Sophie Veritas bei Ihnen vor der Tür stehen würde, das konnten wir nicht ahnen. Wir hätten ihr in Ihrem Namen eine Absage erteilt und dafür gesorgt, dass es niemals zu einem Treffen gekommen wäre. Die ganze Geschichte lief aber so schnell ab, dass wir unsere Sophie erst informieren konnten, als es schon zu spät war. Sie hatten ja binnen Minuten die Polizei eingeschaltet. Ein Grund mehr, Sie als Gegenspieler ernst zu nehmen. Wir mussten also das Beste aus der Situation machen. Jetzt hatten Sie den Fuss schon zu weit in der Tür. Zu Beginn hofften wir trotzdem noch, dass Ihre Ermittlungen im Sande verlaufen und die Sache ein Ende finden würde. Wir verwendeten Sophie als Insider und liessen Sie gleichzeitig überwachen, so dass wir genau wussten, wann Sie gefährlich werden könnten.

Philius: Sie meinen die beiden Herren im schwarzen Mercedes?

Malum: Ja, genau. Die Herren, die Sie schon bald entdeckt hatten. Das war wirklich ein unverzeihlicher Fauxpas meiner Angestellten. Ich nehme an, das hat sie zusätzlich bestärkt?

Philius: Es hielt mich an der Sache dran, ja. Es ist als Ermittler immer ein Zeichen, dass man weiter machen muss, wenn der Gegenspieler einen ernst nimmt. Es ist wie beim Poker. Je unsicherer der Gegenspieler wird, um so eher sollte man weiter machen. Auch dann, wenn man bis dahin ein eher schlechtes Blatt hatte. Das Blatt kann sich dann immer noch wenden, wie man sagt.

Malum: So ähnlich habe ich mir das auch gedacht. Jedenfalls hatte Sophie eigentlich nichts weiter zu tun, als mir regelmässig Bericht zu erstatten. Ihre Finte, so zu tun, als ob Sie den Fall aufgegeben hätten, hat also nichts gebracht. Sophie hatte mir alle Nachrichten zugespielt...

Er heilt kurz inne.

Moment... Wieso haben Sie das eigentlich getan...? Sie sagten doch eben, dass Sie schon beim Besuch der Wohnung den ersten Verdacht hatten, dass Sophie falsch spielte...

Philius: Während ich fleissig nutzlose Nachrichten an Sophie schickte, habe ich Zeit gewonnen und in nächtlichen Aktionen ihren Wald ausgekundschaftet. So bin ich gestern schliesslich, zugegeben durch ein wenig Zufall, auf Ihren Bunker gestossen. Zwei Nikotinsüchtige Arbeiter haben mir unabsichtlich etwas geholfen.

Malum: Ach so... Sehen Sie, das war so ein Stück, das mir bis dahin noch gefehlt hatte. Ich habe mich gefragt, woher zum Teufel Sie heute wussten, wo Sie diesen Bunker finden. Das konnte ich mir einfach nicht erklären. Meine Güte, Sie müssen aber lange gesucht haben. Wie haben Sie das angestellt?

Ich musste mich bei Ihnen ganz auf Sophie verlassen, aber die hatten Sie ja fest im Griff. Weil Sie gestern die ganze Aktion hier zusammen vorbereitet haben, hatte sie keine Chance mich zu benachrichtigen. Das war ein sehr guter Schachzug Ihrerseits - Kompliment!

Philius: Da könnte man fast rot werden, wenn man nicht in Ihrem Anwesen festgehalten würde...

Malum: Aber, aber... Das Ende steht ja noch nicht fest und hängt auch von Ihnen ab. Ich finde, dass Sie sich bisher sehr gut halten, in Anbetracht der Umstände. Jetzt wollen wir erst einmal die Geschichte gemeinsam aufarbeiten und dabei unseren Cognac geniessen.

Philius: Sie haben Glück, ich habe gerade nichts anderes vor... Also wo waren wir stehen geblieben?

Malum: Ich hatte Sie gerade dafür bewundert, wie Sie den Bunker gefunden haben. Erzählen Sie, wie haben Sie das gemacht?

Philius: Nun, wie Sie sicherlich bereits wissen, habe ich anhand der Fledermauskarte und den Wanderwegen eingrenzen können, wo ich suchen musste. Leider hatte ich aber zu der Zeit noch keine Ahnung wonach ich suchen musste, also habe ich jeden Quadratzentimeter in diesem Bereich abgesucht. Plötzlich, wie aus dem Nichts, sind Ihre Arbeiter aus diesem Schacht gekrochen um eine Zigarette zu rauchen. Sie hatten Schutzanzüge an und ich konnte mir nicht vorstellen wozu. Jedenfalls hatte ich den Bunker gefunden und das war die Ausgangslage für...

Nun hielt Philius inne.

Malum: Wofür? Erzählen Sie weiter...

Philius: Sie wussten, dass ich den Bunker gefunden habe...! Wie sonst hätten Sie heute wissen können, dass wir kommen? Sie waren doch vorbereitet. Es war kein Zufall, dass Sophie mich gestern um vier Uhr Morgens anrief!

Malum: Es ist genau so wie Sie sagten: Das Blatt kann sich immer wenden. Sie haben mich nicht ausgetrickst, ich wusste, dass Sie den Standort des Bunkers schon kannten. Sophie hat Ihnen ein GPS-Sender an den Wanderschuhen montiert. Darauf sollten wir anstossen. Darf ich nachgiessen?

Philius: Ja, bitte...

Malum goss nach, schaute ihm ins Gesicht und goss ein zweites Mal nach.

Malum: Ich denke Sie können es vertragen...

Philius trank das Glas leer und stellte es auf Malums Schreibtisch.

Malum: Ich sehe, dass Sophie wohl doch Recht hatte. Sie glaubten noch ein Ass im Ärmel zu haben, nicht wahr? Jetzt fürchten Sie das Spiel zu verlieren. Aber ein Ehrenmann spielt die Partie immer zu Ende und wie gesagt: das Ende ist noch immer offen - es hängt genau so von Ihnen ab, wie von mir. Spielen Sie weiter! Noch ist Ihre Geschichte nicht zu Ende.

Philius: Sie haben Recht, ein Autor, der seine Werke nicht vollendet ist ein miserabler Autor. Das Ende jedes Buches ist der wichtigste Teil.

Also dann... Sophie hatte mich um vier Uhr Morgens angerufen, sie müsse mit mir sprechen. Also fuhr ich zurück und wir trafen uns im Café, wo sie mir von dem alten Bürgermeister erzählte. Das war zwar alles sehr vage, aber es ergab irgendwie Sinn, auch wenn es noch Lücken gab. Ich fragte mich also, warum sie mir auf ein Mal diese Information zukommen liess, wo sie doch für Sie arbeiten sollte. Dann wurde mir klar, dass ich schon zu viel herausgefunden hatte und mein Schicksal schon besiegelt war. Trotzdem zog ich die Nummer als Geheimagent durch, denn ich wollte herausfinden, was hier vor sich geht, egal zu welchem Preis. Ich habe Sophie den ehemaligen Geheimagenten vorgespielt und liess sie Vorbereitungen treffen, damit ich sie unter Kontrolle hatte. Ich habe mit Absicht nicht versucht jemanden zu kontaktieren, denn das hätte mit Sicherheit bei Sophie zu einem Dilemma geführt. Solange sie aber glaubte, dass nur wir beide verwickelt waren, hatte sie keinen

Grund mich aufzuhalten - alles ging für Sie nach Plan, denn es führte mich in die Höhle des Löwen. Allerdings konnte sie den Löwen nicht kontaktieren. Das Häschen war ganz alleine mit dem Fuchs. Das war mein Vorteil. Dachte ich wenigstens... Offensichtlich ist es ihr doch irgendwie gelungen Sie zu kontaktieren, sonst wären Sie heute nicht so vorbereitet gewesen. Also... Wie zum Geier hast du das angestellt?

Sophie: Für jemanden der sich als Spion ausgibt war das eine ganz schwache Nummer... Ich weiss nicht, ob du davon schon gehört hast, aber es gibt seit geraumer Zeit so kleine Dinger, die sich Handy und Smartphone nennen. Ich habe nichts anderes getan, als in meiner Tasche nach einem Taschentuch zu suchen und dabei eine kurze SMS zu verschicken. Du hattest schon Recht, die Welt ist vernetzt, aber darin gefangen bist eigentlich nur du...

Philius: So etwas kannst du? Wer hätte das gedacht... Wieso kompliziert, wenn es auch einfach geht... Hm...?

Wie auch immer... Natürlich hatte ich Sophie gesagt, dass wir Fotos machen müssen, die wir der Polizei vorlegen können. In Wahrheit waren mir die Fotos aber egal.

Malum: Wieso waren Ihnen die Fotos egal?

Philius: Weil ich keine Fotos brauchen werde. Seit ich in ihren Wäldern am Suchen bin, trage ich einen kleinen Sender bei mir. Ich habe einen Freund gebeten die nötigen Schritte einzuleiten, sobald ich den Sender, der dort in meiner Tasche liegt, aktiviert habe.

Beim Anblick des ersten Beweises hätte ich den Sender benutzt und zwei Stunden später wäre die Kavallerie angeritten gekommen. Das war eigentlich für gestern vorgesehen. Da mich aber Sophie um vier Uhr Morgens anrief und quasi zurück pfiff, blieb die Überraschung in dieser Nacht aus. Ich hatte ja keine Zeit für Fotos. Ich habe ihn aber vor etwa einer Stunde und 50 Minuten aktiviert, wenn Ihre Uhr an der Wand richtig geht. Das bedeutet, dass es nur noch eine Frage von Minuten ist, bis ich aus dieser misslichen Lage befreit bin. Es tut mir Leid, aber Sophie hatte wirklich Recht, ich habe immer ein Ass im Ärmel!

Malum und Sophie sahen sich an und Sophie machte eine beruhigende Geste mit der Hand.

Sophie: Es tut mir ja soo Leid, dich enttäuschen zu müssen Philius. Ist das hier dein rettender Sender?

Sie hielt ein kleines schwarzes Kästchen in die Luft

Philius: Ja, genau...

Sophie: Ich habe deine Tasche durchsucht und ihn entdeckt. Es war ein Fehler ihn mit "Notsignal" zu beschriften. Ganz ehrlich, wäre das nicht drauf gestanden, dann hätte ich es für eine Fernbedienung gehalten. Du hast hoffentlich nichts dagegen, dass ich die Batterien entfernt habe?

Philius: Sagen Sie Herr Malum, haben Sie auch Kaffee? Ich habe zwei Tage nicht geschlafen und kriege langsam Kopfschmerzen von dieser Kuh!

Malum: Natürlich. Johann, bereite unserem Gast eine starke Tasse Kaffee zu.

Philius: Einen vierfachen Espresso, wenn Sie das hinkriegen...

Herr Malum, Sie haben nun genüsslich zugehört, wie Sophie und ich uns gegenseitig belogen und hintergangen haben. Ich kann nicht sagen, dass ich Ihnen das Vergnügen gönne. Meinen Sie nicht, es wäre an der Zeit, dass Sie die Geschichte fertig erzählen, damit wir das letzte Kapitel aufschlagen können?

Malum: Ihre Geschichte, Ihre Entscheidung...

Sie sind also in den Bunker eingebrochen und haben an Stelle des vermuteten Goldes einen Haufen Giftmüll gesehen, abgestellt in Fässern und aufgestapelt. Bestimmt haben Sie sofort erkannt, dass ich mit der illegalen Lagerung von Abfall mein Geld verdiene. Sie haben einige nutzlose Fotos geschossen und ihren nutzlosen Sender aktiviert. Schliesslich haben meine Leute Sie in Gewahrsam genommen und nun sitzen Sie hier. Ich bin kein sehr guter Geschichtenerzähler. Bei mir fällt alles immer etwas knapp aus. Haben Sie noch etwas hinzuzufügen?

Philius: Ich denke der Rapport enthält die wichtigsten Informationen.... Allerdings dachte ich bis dahin eher an Ihren Sohn, den Bürgermeister und weniger an Sie als Drahtzieher. Danke übrigens für den Kaffee, der wirkt bei mir immer wahre Wunder.

Sophie: Na das hoffen wir doch, denn ein Wunder wirst du brauchen!

Philius: Hinter dem Löwen fühlt sich der Hase gross...!

Malum: Wer hier ein Wunder braucht und wer eines erlebt, das entscheide alleine ich! Das ist mein Kapitel - ich schreibe den Text und niemand sonst!

Philius: Und damit wird die Leine doch gleich wieder kürzer...

Malum: Was? Meinen nichtsnutzigen Sohn Jonathan Malum hatten Sie im Verdacht? Der ist ja noch zu blöd, um Bürgermeister in diesem Kaff zu sein. Nein, ich bin ziemlich sicher, dass der nicht die geringste Ahnung hat, dass ich die Fäden in der Hand halte und nicht er. Aber was soll man machen, Familie ist eben Familie und man hilft wo man kann. Ich habe versucht ihn zu erziehen, aber es hilft nichts...

Philius: Erziehung scheint mir nicht selten der Versuch, sein Kind etwas werden zu lassen, das man selbst nie war.

Malum: Was wollen Sie damit sagen?!

Philius: Es gibt Momente, in denen Menschen über sich hinaus wachsen und manchmal wissen sie danach nicht mehr, wie gross sie wirklich sind. Sie sind zufällig auf Gold gestossen, das Ihnen nicht gehört, deshalb sind Sie so reich und mächtig. Hätten Sie das auch aus eigenem Antrieb geschafft...?

Malum: Viele mächtige Männer verdanken Ihre Macht dem Zufall. Wichtig ist nicht wie man an die Macht kommt, sondern wie man sie erhält und weiter ausbaut. Das ist alles was zählt!

Philius: Ich glaube in Ihrem Fall zählt auch, woher das Gold stammt. Sie wissen sicher, dass es Gold von den Nazis ist. Das alleine ist schon verwerflich. Hinzu kommt aber noch, dass es mit grosser Wahrschein-lichkeit von vergasten Juden aus dem KZ in Auschwitz stammt. Wussten Sie das? Und wissen Sie woher ich das weiss?

Malum: Woher das Gold stammt spielt überhaupt keine Rolle. Niemand weiss davon - es ist vergessen! Aber erzählen Sie ruhig, warum glauben Sie das zu wissen?

Philius: Fledermäuse!

Malum: Von Fledermäusen?

Philius: Ja, von Fledermäusen, die normalerweise in Polen vorkommen, aber nicht hier! Sie sind vermut-lich mit dem Gold hier her transportiert worden und fanden, wie es der Zufall will, sich an ganz wenigen Stellen in diesem Tal recht wohl. Diese Fledermäuse hat auch Gabriel Veritas gefunden und kartogra-phierte die Fundstellen. Sie haben mich hier her ge-führt. Er hat mich zu Ihnen geführt! Er interessierte sich nur für die Tiere und einen Scheiss für Ihr Gold. Wieso musste er also sterben?!

Malum: Weil er den Bunker gefunden hatte!! Und als er ihn fand, war auch noch Gold im Bunker! Die Rou-ten waren längst gesperrt -er hatte dort nichts zu su-chen! Der kleine Scheisser liess sich nichts sagen und war zu naiv sich bestechen zu lassen, weil er Hac-kenkreuze gesehen hatte und in Geschichte etwas zu gut bescheid wusste. Er hätte es anders haben können, so wie viele andere Dorfbewohner auch, aber er hat die falsche Entscheidung getroffen, genau so, wie diese Wanderer vor ihm!

Philius: Was war mit den Wanderern? Wie sind die zu diesem Bunker gekommen?

Malum: Der westliche Teil des Bunkers wurde im Krieg nur notdürftig mit Backsteinen gemauert. Vermutlich wäre er noch betoniert worden, aber dazu ist es nie gekommen. Die Gemäuer sind eingestürzt, es gab ein riesen Loch in der Erde und man sah bis ins Innere des Bunkers. Das sah man natürlich auch vom Wanderweg aus, wenn man etwas aufmerksam war. Nur wer sich nicht bestechen liess musste aus dem Weg geräumt werden, viele andere profitierten von meinem Fund.

Philius: Ich habe nur noch eine einzige Frage: Wie habt ihr es angestellt, dass Hauptkommissar Huber Sophies wahre Identität verschleierte?

Malum: Hauptkommissar Huber wurde von einer anderen Dienststelle mit dem Fall Sophie Veritas betraut und übernahm an diesem Nachmittag nur diese eine Aufgabe im Polizeirevier. Dann war seine Arbeit getan und er ging wieder nach Hause. Das war geschehen. Ein Papier reicht fast immer aus und alle sind überzeugt, einen Hauptkommissar vor sich zu haben. Sogar die Polizei lässt sich leicht täuschen. Das war eine Kleinigkeit mein lieber Herr Solum - nur eine Kleinigkeit.

Philius: Ich denke, ich kenne jetzt die ganze Geschichte und es wird Zeit, dass ich nun auch die letzte Frage an dich richte, Sophie:

Woher kennt ihr beide euch eigentlich und wer bist du wirklich?

Sophie: Wir kennen uns gar nicht. Ich habe ihn, genau wie du, heute zum ersten Mal gesehen. Es gibt seit Jahrzehnten keine Bilder mehr von Herr Malum, weder im Internet noch sonst irgendwo. Wie alle guten Verbrecher, lebt er im Verborgenen - genau so wie ich. Wer mich engagiert, der will mich meist gar nicht sehen.

Philius: Das kann ich gut verstehen...

Sophie: Sei still du Hobbydetektiv! Mich kennt der Auftraggeber auch nicht. Dass wir uns hier treffen, haben wir dem Chaos zu verdanken, dass du angestellt hast. Aber im Gegensatz zu dir bin ich eine echte Spionin. Ich habe sehr viele Namen, aber keiner davon ist echt. Meine richtige Identität weiss niemand, nicht einmal ich. Ich existiere gar nicht und das ist der Grund, warum man mich engagiert. Nicht um sonst bezahlt mir Malum für diesen Kleinauftrag mit dir eine Summe, die du dir nicht einmal erträumst.

Philius: Und wie findet man dich, wenn du nicht existierst?

Sophie: Über Beziehungen, nur über Beziehungen.

Philius: Das müssen ja reizende Beziehungen sein... So wie ich das sehe, hast du alles erzählt, was du erzählen willst, oder erzählen kannst. Der Rest bleibt dann wohl ein grosses Mysterium, nicht wahr?

Sophie: Ja, so ist es und so bleibt es.

Philius: Eine Frage hätte ich aber nun doch noch.

Sophie: Und die wäre?

Philius: Woher weisst du, dass das wirklich Herr Malum ist, wenn du ihn noch nie gesehen hast?

Sie verdrehte genervt die Augen und wendete sich Herr Malum zu.

Sophie: Herr Malum, wollen Sie dem Spuk nicht ein Ende setzen? Ich bin müde und ich denke mein Auftrag ist hiermit erledigt. Ich hätte gern mein restliches Geld und dann verschwinde ich. Was Sie mit ihm machen geht mich nichts mehr an und ich weiss von nichts.

Philius: Was meinst du Mike, wollen wir sie entlassen? Ich denke sie hat uns gegeben was wir brauchen.

Sophie: Mike? Was zum Teufel läuft hier?

Philius: Was denkst du was hier läuft? Herr Malum wurde bereits gestern verhaftet wegen illegalem Handel mit Sondermüll und was sonst noch in diesem Bunker lagert. Wenn die Polizei alles aufgeklärt hat, wird sicher noch Mord, Bestechung, Erpressung, Raub und, weiss der Geier was, dazu kommen. Stimmt das so Mike? Tut mir Leid, ich muss kurz nachfragen, denn ich war ja nicht dabei.

Mike: Genau so ist es! Mord, Bestechung und Erpressung ist bereits dazu gekommen. Alles was ich hier als vermeintlicher Herr Malum gesagt habe, das weiss ich aus dem Verhör mit ihm.

Sophie: Wie...?

Mike: Philius hat gestern bereits einige Fotos geschossen, auf denen genug zu erkennen war für einen Durchsuchungsbefehl. Er hat mir die Fotos noch an Ort und Stelle geschickt, inklusive Koordinaten. Wir haben Herr Malum darauf hin festgenommen. Das müsste dann ungefähr in dem Zeitraum gewesen sein, als ihr zusammen Kaffee getrunken habt. Wir wussten auch, dass Herr Malum Sie engagiert hat. Er hat bei einem ersten Verhör schon so einiges gestanden, denn dank Philius hatten wir ja genügend Druckmittel. Was uns aber noch fehlte, war ein Geständnis von Ihnen. Ich weiss nicht wie sie es gemacht haben, aber ihre Tarnidentität war gut genug, dass wir sie nicht auf die Schnelle verhaften konnten. Wir hatten ja noch keinen Beweis dafür, dass Sie nicht auch Sophie Veritas sind. Wenn wir zu früh handelten, dann hätten wir Sie vielleicht wieder frei lassen müssen und eine Frau wie Sie wäre innerhalb von kürzester Zeit unauffindbar. Deshalb haben wir diese kleine Szene hier inszeniert und ich muss gestehen, dass ich mich prächtig amüsiert habe. Philius wusste übrigens nichts davon und ich finde, du hast deine Rolle wirklich fabelhaft gespielt!

Philius: Danke Mike, das Kompliment kann ich zurückgeben.

Ach Sophie, wenn du das nächste Mal einen Sender an einem Wanderschuh anbringst, dann achte darauf, dass du die Schuhe wieder so hinstellst, wie du sie vorgefunden hast. Meine Schnürsenkel sind beispielsweise immer in den Schuhen, nie aussen - das sieht unordentlich aus...! Und was deinen Entscheid angeht: Ich habe dir eine Chance gegeben, aber du hast dich falsch entschieden und falsche Entscheidungen holen einen immer ein - das ist Philosophie.

Mike: Übrigens sind die beiden Herren hier Polizisten und von der Sorte warten draussen noch einige mehr. Ich habe keine Ahnung, wie die Behörden mit ihrer Anonymität verfahren werden, aber darüber sollen sich die Anwälte streiten. Auf freien Fuss werden Sie in jedem Fall nicht kommen, ganz egal wie sie heissen, das garantiere ich Ihnen!

Sophie: Ich glaube nicht, dass mich ein Hobbydetektiv aufs Kreuz gelegt hat... Du hast mich die ganze Zeit verarscht! Du...

Sie ging auf Philius zu, aber ein Polizist hielt sie auf und führte sie ab...

13. Kapitel: Unter vier Augen

"Nun sieh sich einer diesen Filou an!", sagte Mike. "Du hast ja schon damals einige Nummern gebracht, aber die hier war ja wirklich der Hammer! Dafür siehst du aber auch so richtig beschissen aus, dass muss ich dir als Freund ganz ehrlich sagen!"

Er lachte und klopfte ihm auf die Schulter. Philius schmunzelte geschmeichelt und erleichtert.

"Mike, du glaubst nicht wie froh ich bin dich zu sehen. Aber sei vorsichtig, wenn du mir auf die Schultern klopfst, vielleicht entweicht da noch etwas von dem giftigen Scheiss, der dort unten liegt. Du weisst doch, ich musste dort runter, wie hätte ich dir sonst die Fotos liefern können?!"

"Unser Team hat bereits Entwarnung gegeben, offenbar sind die Fässer dicht und wir haben bisher keine radioaktiven Materialien gefunden. Du wirst also, zu meinem Leidwesen, an keiner Vergiftung krepieren."

"Wer einen Freund wie dich hat, der braucht wirklich keine Feinde..."

"Ach komm, einen kleinen Scherz wirst du wohl auch jetzt noch ertragen, oder nicht? Du hast übrigens toll mitgespielt, die Szene war filmreif! Du wärst bei uns jeder Zeit willkommen, das weist du, oder?"

"Hör bloss auf! Weisst du, manchmal fehlt es mir schon ein wenig, die Action meine ich. Besonders, wenn ich gerade nicht weiss, wie mein Buch weiter gehen soll. Wenn ich dann aber wieder in einer Geschichte drin bin, dann ist mein Beruf der Beste der

Welt, denn ich kann meine Helden so schreiben, dass sie nicht auf so bekloppte Freunde wie dich angewiesen sind."

Philius lachte und fügte hinzu:

"Ihr werdet doch meine Besenkammer nicht räumen, oder?"

"Ah... Also willst du doch noch nicht ganz aufhören?"

"Wer weiss, vielleicht brauche ich sie noch einmal..."

"Na was mich angeht, ich sehe keine Grund dir deine Besenkammer zu reinigen und ich werde meinen Bericht in die gewünschte Richtung lenken, wenn du verstehst was ich meine"

Er zwinkerte Philius zu und klopfte ihm auf die Schulter.

"Eine Frage habe ich noch", sagte Mike.

"Was war das für eine Geschichte mit diesem Notsignal? Wieso weiss ich nichts davon?"

"Ach, gut dass du das ansprichst. Das habe ich nur gemacht, um die falsche Sophie in falscher Sicherheit zu wiegen, mach dir keine Gedanken. Ich wäre aber froh, wenn ich die Fernbedienung zu meiner Garage nach der Beweisaufnahme wieder haben dürfte, ich habe nur die eine!"

Mike lachte lauthals los, klopfte ihm ein weiteres Mal auf die Schulter und schickte ihn nach Hause, wo er sich endlich schlafen legen sollte. Er sagte ihm, dass man auf ihn zu kommen werde, wenn es noch etwas zu klären gäbe. Dann drückte er ihm einen Zettel in die Hand und flüsterte:

"Das ist die Adresse der echten Sophie Veritas. Ich kenne dich Philius! Philosophen lieben die Wahrheit und wenn sie die Wahrheit gefunden haben, dann wollen sie das auch erzählen."

"Danke Mike, du kennst mich wirklich!"

Philius nahm seine Tasche und fuhr nach Hause.

14. Kapitel: Der Philosoph und die Wahrheit

Als er zu Hause ankam, wollte er direkt ins Bett, ging aber erst in den Keller, räumte die "Besenkammer" auf, verschloss die Tür und stellte das Gestell wieder an seinen Platz. Die Code-Tastatur befestigte er wieder im Tresor, wo er auch seine Pistole hinein legte, bevor er ihn verschloss. Dann ging er nach Oben in sein anderes Arbeitszimmer, wo sein Schreibtisch noch immer genau gleich stand, wie er es gewohnt war. Er setzte sich hin, nahm seine Notizen aus der braunen, ledrigen Umhängetasche und legte sie für morgen bereit, denn morgen begann ein neues Kapitel seiner Geschichte. Obwohl ein Agent darin vor kam, würde es ein Thriller werden, das wusste er schon, denn ein Spionageroman kam nicht in Frage.

Jetzt blieb nur noch eines zu tun, bevor er schlafen konnte. Er nahm Papier und Stift, dann begann er zu schreiben:

"Liebe Sophie,

Ich hoffe es ist in Ordnung, dass ich Sie mit 'Sophie' anschreibe, denn es liegt eine seltsam verbindende Ironie in unseren Vornamen, von der Sie vielleicht noch nichts wissen.

Ich weiss nicht, ob es ein Müssen oder ein Dürfen meinerseits ist. In jedem Fall kann ich Ihnen mitteilen, dass ich herausgefunden habe, was Ihrem Bruder widerfahren ist. Genaueres wird mit Sicherheit im Zuge der eingeleiteten Ermittlungen noch ans Tageslicht gelangen. Bestimmt werden Sie in den kommenden Tagen einiges davon aus der Presse erfahren, ich gehe aber davon aus, dass Sie gerne mehr wüssten und deshalb möchte ich Sie auf einen Kaffee einladen. Es würde mich freuen, wenn Sie die Einladung annehmen würden.

Im Übrigen möchte ich Ihnen den Rat geben Ihre Therapeutin zu wechseln. Ich halte es für eine schlechte Idee jemandem Dinge anzuvertrauen, der sich, ohne Interesse an der Wahrheit, um Ihre Psyche kümmern will.

Ich hoffe, dass Ihnen die Akeleien gefallen und, dass wir uns bald etwas besser kennenlernen.

Liebe Grüsse

Philius Solum"

Zeitfracht Medien GmbH
Ferdinand-Jühlke-Straße 7
99095 Erfurt, Deutschland
produktsicherheit@kolibri360.de